작가의 서재

시마무라 호게쓰, 시마자키 도손, 아쿠타가와 류노스케,
노무라 고도, 나가이 가후, 쓰지 준, 쓰치다 교손,
미야모토 유리코, 사카구치 안고, 요시카와 에이지,
이쿠타 슌게쓰, 마사오카 시키, 도요시마 요시오,
다자이 오사무, 도쿠토미 로카, 호조 다미오,
이시카와 다쿠보쿠, 에도가와 란포, 하야시 후미고,
미키 기요시, 호리 다쓰오, 오카모토 기도,
가타야마 히로코, 유메노 규사쿠, 마키노 신이치,
나쓰메 소세키, 스스키다 규킨, 다카하마 교시,
데라다 도라히코, 사토 하루오, 다카무라 고타로,
우에무라 쇼엔 지음
안은미 엮고 옮김

은 고 경 문

1장. 예찬과 한탄 사이

2장. 서재에서 딴짓하기

3장. 책이 있는 풍경

4장, 친애하는 문구에게

1장、예찬과 한탄 사이。

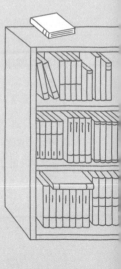

탁자 위

시마무라 호게쓰島村抱月

1871년 시마네현 출생. 1894년 와세다대 문학과를 졸업, 잡지사와 신문사 기자를 거쳐 1902년부터 3년간 영국 옥스퍼드대에서 유학했다. 귀국 후 와세다대 문학부 교수로 재직하던 중 1906년 스승이자 극작가인 쓰보치 쇼요와 함께 신극 운동을 펼치며 셰익스피어 등 해외 작품을 번역하는 한편 1909년 자연주의 문학을 고찰한 『근대 문예 연구』를 출간해 호평받았다. 1913년 극단 '예술좌'를 세우고 이듬해 톨스토이의 『부활』을 각색해 무대에 올려 큰 인기를 얻었다. 이후 연출가이자 평론가로 활약하다가 1918년 11월 5일 스페인 독감으로 마흔일곱 살에 생을 마감했다.

「탁자 위」는 1911년에 쓴 글이다.

오늘 아침에도 양손을 품속에 넣은 채 두 시간 이상 멍하니 탁자 앞에 앉아 있었다. 뭔가 하고 싶단 의욕이 안 생긴다. 곁에 어질러진 신간 잡지며 책을 하나둘 끄집어내서 펼쳐보지만 영 재미가 없다. 하는 수 없이 원래 있던 자리로 다시 던져놓고 멀뚱멀뚱 있자니 손이 저절로 옷 속을 파고든다. 셔츠 안, 한 쌍을 이룬 손에 땀이 배어 불쾌하다. 한쪽만 꺼내 탁자 위에 올려본다. 이럴 때 남들처럼 담배를 피우면 그나마 한 손이라도 주체스럽지 않으련만.

탁자 상판이 서늘해 달아올랐던 손바닥이 기분 좋게 식는다. 물끄러미 손을 바라보는데 흐린 날 부는 쌀쌀한 바람이 슬며시 창문을 스쳐 지나간다. 어젯밤 구슬프게 내리던 비는 오늘을 알리는 신호였구나, 생각했다. 아! 하고 다른 한 손을 품에서 빼자 몸이 살짝 떨렸다.

내가 쓰는 탁자는 꽤 커다란 편인데도 벌써 손 닿는 거리, 그러니까 주변 45센티미터 정도 말고는 갖가지 책과 원고로 가득 차 있다. 요 이삼일 전까지는 제법 공간이 많았다. 그게 어느새 한 줄로 쌓였던 책이 두 줄로, 두 줄은 다시 세 줄로 늘어나더니 사방에서 주인을 포위하기에 이르렀다. 더해 꼭 읽어야 해서 읽는 책과 반드시 써야만 해서 쓰는 원고, 전부 의무 덩어리다.

책장에서 빼낸 책, 선반에서 내린 책, 도서관에서 빌린 책. 개중에는 이미 용무를 마치고 머리 터진 개구리처럼 죽은 듯이 뻗어버린 녀석이 있는가 하면, 다음 무슨 요일에 또다시 볼일이 있어 그날을 기다리는 녀석도 있고, 뽑힌 채 한 번도 펼쳐진 적 없어 기가 죽은 녀석마저 있다. 어쨌든 지금은 아무리 들여다봐도 마음이 반응하지 않는다. 아무런 활기도, 흥미도, 자극도 없다. 그저 뒤에 따라오는 의무, 죄수 다리에 묶인 쇠사슬인 양 의무가 둔하고 느린 감각을 자아낼 뿐이다.

왼쪽에 산더미 같은 책은 대부분 학교 강의에 필요한 참고서다. 쓸 일 있는 부분만 골라서 인덱스 라벨을 붙여놓은 철학서를 보니 저자에게 미안한 짓을 했다 싶다. 처음부터 끝까지 꼼꼼히 읽어볼 작정이었건만 시간에 쫓겨 후반부를 띄엄띄엄 읽고서야 가까스로 마감한 문학서를 보니 과연 유감없는 비평을 했는지 스스로도 부끄럽기 짝이 없다.

앞줄 맨 위에는 영국 학회나 사교 클럽 강령 등을 기록한 책, 밑에는 미국 연극학교 규칙서, 그 밑에는 런던 극장사…… 이삼일 전에 모 협회 규칙서를 번역할 일이 생겨 참고하려고 내놨다. 나는 작업이 끝나면 책 제목조차 읽기 귀찮다. 하물며 그러모아 원래 있던 자리에 다시 집어넣을 기개가 있을 리 만무하다. 하여 일단 꺼내면 그냥 내버려둔다.

정면을 보니 이제는 쓸모없는 오래된 근세 영문학사 강의 초안이 런던 도서관에서 중요한 내용을 뽑아 옮겨 적은 공책과 아무렇게나 포개져 있다. 군데군데 종잇조각이 끼워진 발췌 공책은 '영국 연극사와 영어 연극 용어'라는 강의를 준비하려고 빼놓은 건데 아직 그대로다.

바로 옆에는 접히거나 펼쳐진 원고가 열두세 묶음, 거기에 편지며 엽서며 인쇄물이 옛것과 새것이 한데 섞여 언덕을 이룬다. 원고 가운데는 따로 마감 시간이 없는 것도 있다. 기한을 박아놓으면 저쪽이 청탁자가 되기에 이쪽은 호의를 품고 글을 읽기 마련이다. 하지만 언제까지 꼭 주세요, 라고 엄격히 말하지 않아도 서서히 목을 조여온다. 막연한 의무가 주는 쓴맛이다. 학생이 쓴 논문은 서둘러 평가해줘야 하는 연구 과제인데 서너 차례 훑어본 채 손을 놓고 말았다. 도저히 뒤를 이어 할 의욕이 안 생기는 사이 올해도 벌써 학기가 끝날 때가 됐다. 내던진 원고를 볼 때마다 납으로 가슴을 땜질하는 듯한 고통을 느낀다.

편지는 오는 족족 답장을 보내야지 하면서도 한두 달 미루다 보니 다발로 묶일 만큼 쌓인다. 심한 것은 1년, 아니 2년 넘게 내팽개쳐져 있기도 하다. 그래도 언젠가는 의무를 다해야지, 하는 마음이 있기에 찢어 버릴 수도 없다. 그런 편지가 늘 서재에 다섯 통에서 여덟 통은 나뒹군다.

어떨 땐 말해달라 부탁한 적 없는 사연을 공손히 털어놓는 편지와 사무용품점에서 산 3전짜리 우표를 봉투에 같이 넣어 갖가지 일을 묻거나 청하기도 한다. 이런 모르는 시골 사람이 보낸 편지에는 꼭 답장을 하고 싶다. 물론 그리 손쉽게 써질 리가 없다. 드디어 해야겠다고 마음먹고 한 통 두 통 오래된 편지부터 정리하고 있으면 뭔가 딴 일이 생긴다. 이후 한동안은 또 그대로 묵혀둔다. 그사이 새로운 편지가 온다. 기한을 넘겨 덧없이 죽어버린 왕복엽서가 몇 장이나 있는지 모른다. 몹쓸 짓이란 생각에 참기 힘든 불쾌감이 몰려와 가슴이 벌렁거린다. 조금 힘을 내서 부지런히 써보면 막상 별일 아닐 텐데.

서양인은 아침에 일어나면 반 시간이든 한 시간이든 으레 그날 보낼 편지나 엽서를 쓰는 습관이 있단다. 나도 마음으로는 당연히 동의하고 남에게도 좋은 습관이라고 칭찬한다. 다만 지금 나는 고작 그 정도도 실행하기 쉽지 않다. 뭔가 하려면 그만한 계기를 만들어야 한다.

그러고 보니 세상에는 꼭 실행되지 않더라도 생각 자체만으로 가치를 갖는 경우가 있다. 아니, 가치로만 끝나지 않고 그 생각으로 인해 세상일 대부분이 돌아간다. 마치 지폐와 금화의 관계 같다. 대장성이나 일본은행이 어딘가에 금화를 수북이 보관한다는 사실만으로 종잇조각에 불과한 지폐가 실제 가치 있는 것처럼 쓰인다. 아무런 가치 없는 껍데기라는 본질은 잊힌 채 결국 지폐는 이 손에서 저 손으로 옮겨가며 사회를 운전한다. 만약 지폐를 가진 사람이 저마다 은행으로 달려가 금화로 바꿔달라고 하는 날에는 난리가 날 게 틀림없다.

사상가는 일단 옳다고 생각하는 사상을 세상에 널리 퍼뜨린다. 자신이 실행하지 않더라도 어디선가 어떤 식으로든 누군가 실행하리라 믿으며. 이 신념이 금화인 셈이다. 때론 신념이란 금화 없이 남발되는 사상도 더러 있다. 그게 바로 세상사다. 우리는 평범한 생활 속에서 헛된 사상을 굴려가는 한편 자기 손으로 하나하나 실행하지 못함을 안타까워한다.

이런 생각을 한창 하는데, 손님이 왔다고 부른다. 탁자 앞에서 일어나 멀거니 선 채 주변을 쭉 둘러본다. 서재를 그득 채운 피폐한 공기, 의무 때문에 지치고 의무 탓에 늙어버린 피폐한 공기가 책 냄새에 섞여 떠돈다.

서재와 빛

시마자키 도손島崎藤村

1872년 기후현 출생. 1892년 고등학교 영어 교사로 재직하며 동인지 『문학계』를 창간해 시를 발표했다. 1897년 『약채집』을 비롯해 시집 네 권을 연달아 내며 낭만주의 시인으로 명성을 떨쳤다. 1899년 나가노현 고모리에서 교사 생활을 하며 자연을 있는 그대로 묘사한 글을 쓰기 시작, 1906년 『파계』로 자연주의 문학을 대표하는 작가로 올라섰다. 1913년 프랑스로 건너갔다가 1916년 돌아와 도쿄 외곽 아자부에 터를 잡고 『봄을 기다리며』, 『동트기 전』 등 걸작을 발표했다. 1943년 8월 22일 일흔한 살에 뇌출혈로 세상을 떠났다.

「서재와 빛」은 1909년 1월 출간된 『신가타마치에서』에 실린 글이다.

단숨에 글을 써 내려가거나 흥에 겨워 책을 읽으면 모를까, 기나긴 세월에 걸쳐 창작을 하다 보면 자연스레 빛에 대해 고찰해보기 마련이다.

무턱대고 빛 따윈 어떻든 상관없어, 라고 말하는 사람이 있을지도 모르겠다. 그런데 햇볕이 쨍쨍 내리쬐는 날에는 쉬이 피로를 느끼고, 햇빛이 찔끔찔끔 들이비치는가 싶더니 곧 하늘이 흐려지는 날에는 마음이 어수선하지 않나. 나뿐만 아니라 누구나 한 번쯤 겪을 터. 셀 수 없을 만큼 자극이 많은 세상에서 창작에 가장 큰 영향을 끼치는 것은 '빛'이라고 나는 생각한다. 그래서 이제부터 작품이 아닌 작업 공간의 빛을 이야기하련다.

우선 적당한 빛이 있다 해서 문필과 친해진다는 보장은 없어도 문필과 친해지려면 반드시 적당한 빛이 필요하다. 빛 상태가 나쁘면 몸이 지치기 쉽고 장시간 노동을 견디지 못한다.

『하늘 치는 파도』를 쓴 고다 로한은 공기가 상쾌한 야외에서 집필한다고, 요미우리신문 기자가 문학 정취 가득한 보도를 한 적이 있다. 시원한 나무 그늘에서 글을 쓰다니, 꽤 흥미로운 방법이긴 하다. 다만 바깥에서 비치는 빛은 파동이 큰 탓에 흥을 깨뜨리기 쉽다. 언젠가 19세기 초 영국의 호반시인이 대자연 속에서 시를 지었다고 들었던 기억이 난다. 짧은 시가나 한때 감흥을 표현하기에는 적합하겠지만 장편에는 어떨지. 아마 진득하게 앉아 있지 못하리라. 무심코 산책하고 싶어 좀이 쑤실 테니. 냅다 펜을 던져버리고 새소리에 귀 기울이기 십상이다. 어쩌면 고다 로한은 야외에서 남다른 서재를 발견했다기보다는 오히려 시 속 사람이 되어버린 게 아닐까.

전적으로 야외가 나쁘다는 점에서 '움직이는 서재'를 고안한 사람이 있다. 지금은 세상을 떠난 만담가 산유테이 엔초다. 엔초 선생은 포장마차 비슷한 이동식 방을 만들어 마음 내키는 대로 끌고 돌아다니며 그 안에서 이야기를 지었다고 한다. 움직이는 서재라니, 유쾌한 취향이긴 한데 지붕이 낮은 탓에 곧잘 짜증이 날 법하다. 또 차양을 친다고 해도 햇빛이나 비를 잘 막을지 모르겠다. 햇빛이 너무 강한 곳에서는 금세 싫증이 나거나 게을러져서 오래 버티지 못한다.

나무 그늘이 한 시대 지나 정자로, 정자가 또 시간이 흘러 초막으로, 초막이 한 시대 지나 보통 집으로 바뀌었으니 일본식 집은 즉 나무가 발전한 형태인 셈이다. 그래서 단지 비와 이슬을 막기 위해서만이 아니라 햇빛을 고려해 화가는 화실을 만든다. 문필가는 화가만큼 엄격하게 빛을 따질 필요는 없지만, 아무리 책이 많더라도 일단 빛 상태가 나빠서는 훌륭한 서재라고 말하지 못한다. 빛만 좋으면 장식 하나 없는 허름한 방에서도 멋진 글이 술술 나온다.

빛은 열을 동반하기에 적당히 쐬어야 한다. 안 그럼 기운이 빠지는 데다 병까지 걸린다. 하여 집에서 제일 중요한 부분은 지붕이다. 앞서 일본식 집은 나무 그늘의 진보라고 했는데, 지붕은 나무로 치면 우듬지와 잎사귀다. 우듬지에 잎이 많이 달리는 것처럼 지붕은 높은 편이 좋다. 초가지붕은 엉성하긴 해도 여름에는 시원하고 겨울에는 따뜻하다. 판자지붕은 대체로 나직해서 열을 느끼기 쉽다. 같은 판잣집이라도 지붕을 높이 세우면 그나마 낫다. 기와지붕은 보통이려나.

차양은 나뭇가지에 해당한다. 차양 길이에 따라 실내 밝기가 달라지므로 역시 중요하다. 농막처럼 서양 건물은 대개 창문으로 햇빛이 들어오도록 설계한다. 일본 가옥은 창호지 바른 미닫이문을 달기에 어떤 곳은 한 면이 큼지막한 창 같다. 창문이 크면 햇빛이 과하게 비친다. 차양이 필요한 까닭이다.

옛글에 "작은 물건을 감상할 때는 미닫이보다 빈지 끼운 방이 훨씬 낫다"라는 문장이 있다. 미닫이는 옆으로 밀어서 열고, 빈지는 한 짝씩 끼우고 뗄 수 있어서다. 또 "천장이 높으면 겨울에 춥고 어둡다"는 문장이 나온다. 저마다 취향은 다르겠지만, 일반 집이라면 천장은 되도록 높은 편이 좋지 싶다. 저 글*을 쓴 요시다 겐코는 승려라 절에서 살았기에 저렇게 말하지 않았을까.

차양을 얘기하다 보니 기억났다. 세이 쇼나곤이 쓴 글**에 종종 궁에서 숙직을 서는 날 처마 아래 행랑에 머물며 밤늦도록 이야기를 나누는 대목이 나오는데, 행랑은 문간에 붙어 있어 아침이면 햇빛이 곧바로 들이쳤단다. 뭐, 보통 일본 집은 그 행랑 같은 방으로만 이루어진 셈이다. 그건 그렇고 부드러운 햇빛이 깊숙이 내리비치는 고대 궁궐은 어떠한 정경이었을까. 궁전 행랑에서 사는 삶은 즐거운 마음과 동시에 단단한 마음을 갖춰야 했으리라.

의식주, 옷과 음식과 집 가운데 나는 집만큼은 절대 소홀히 할 수 없다. 이른바 풍수지리설은 빛과 열의 수용 정도를 기초로 해서 만들었다고 하나 설령 집터가 나쁜들 사정에

---

* 중세시대 시인이자 승려인 요시다 겐코(吉田兼好)가 운둔자의 사색과 삶의 지혜를 쓴 『도연초』.
** 헤이안시대 가인이자 궁녀인 세이 쇼나곤(清少納言)이 궁정 생활이나 감상을 쓴 『베갯머리 서책』.

따라서는 그냥 살아야 한다. 또 아무리 거주지를 바꿔봐도 완벽한 집을 구하기란 쉽지 않다. 그래서 나는 집필에 집중하려고 집 이곳저곳을 돌아다니며 그날그날 적당한 빛을 찾는다.

이를테면 비 내리는 날. 비가 오면 쓸쓸하면서도 뭐라 말할 수 없는 정취가 흘러 왠지 마음에 여유가 생기고 차분해지기에 글이 잘 써진다. 세상에 지쳐 잊고 지내던 친구가 생각나기도 한다. 비가 자아내는 소슬한 감정은 평소보다 부드러운 빛 때문이지 싶다. 비 오는 날에는 햇빛이 방 구석구석까지 똑같이 퍼져 어디에 있든 작업에 속도가 붙는다.

거꾸로 화창한 날에는 집중이 안 된다. 너무 밝아 짜증이 나거나 귀가 윙윙거려서 일이 손에 잡히지 않는다. 그럴 때는 얼른 정신 차리고 재빨리 다른 방으로 옮긴다. 남향인 2층이 유독 그런 경우가 많다. 한번은 2층 방에서 글을 쓰다가 햇빛이 마구 들이쳐서 발을 매기도 하고 창호지를 두 겹 바르기도 하고 널반지로 막기도 했지만 소용없었다. 이래저래 궁리하며 고생한 끝에 이 방은 아무래도 서재로 쓰기에 맞지 않다고 결론 내린 뒤 포기했다. 뭣보다 공기가 너무 빨리 뜨거워졌다. 저물녘 석양이 내리쏟아질 때는 도저히 견딜 수 없었다.

서양인은 대체로 북향 방을 서재로 삼는다고 들었다. 나도 오랜 시간 겪어보니 서재는 북향이 제일이지 싶다. 북쪽에서 들어오는 햇빛은 부드럽고 명랑한 대신 조금 춥긴 하다. 젊은 시절 고모로에 살 때는 추운 지역이라 처음에는 볕 잘 드는 남향 방을 골랐더랬다. 과연 따뜻해 긴 시간을 보내기에 그만이었다. 하지만 점점 햇빛이 번쩍거려 마음먹은 만큼 영 진도가 안 나갔다.

하는 수 없이 북향 방으로 옮겼다. 대한이 다가오자 처마 끝에 고드름이 대검처럼 기다랗게 매달렸고 마당에 내린 눈은 좀체 녹지 않아 쌓이고 또 쌓이더니 툇마루보다 높아졌다. 잉크병도 얼어붙기 일쑤였다. 동장군과의 전투는 무척 고통스러웠다. 펜 잡은 손이 자꾸만 화로 쪽으로 다가갔다. 다행히 남향 방과 달리 신경 쓰이는 데가 없고 햇빛 상태마저 마음에 들어 쭉 살았다. 비에는 살짝 어둡게, 겨울바람에는 쓸쓸하게, 눈에는 환하게 바뀌는 것이 북쪽 장지문이다.

지금 사는 곳은 동서는 가로막히고 남북은 열린 집이다. 예전 집이나 고모로 집보다 서까래가 삼중으로 튀어나온 처마인데도 비슷하게 햇빛이 비친다. 친구가 너는 남북으로 열린 집에 사는구나, 라고 말하며 웃은 적이 있다. 우연이긴 해도 이상하게 나는 늘 남향과 북향 둘 중 하나를 서재로 골라야 하는 집만 만난다. 여하튼 서재는 북향, 왼쪽에서 햇빛이 들어와 책상을 은은히 비추면 나무랄 데 없다. 낮에는 금세 지쳐 난감하다, 밤 아니면 글이 안 써진다는 사람은 일단 서재 햇빛 상태를 살펴보도록. 내가 수년간 갖가지 고생 끝에 터득한 비법이다.

소세키산방의 가을

아쿠타가와 류노스케 芥川龍之介

1892년 도쿄도 출생. 1913년 도쿄대 영문과에 입학, 이듬해 첫 소설 「노년」을 발표했다. 1915년 훗날 대표작이 되는 「나생문」을 선보인 뒤 나쓰메 소세키의 서재 '소세키산방'에서 매주 목요일마다 열리는 '목요회'에 참석하기 시작했다. 1916년 「코」가 극찬받으며 이름을 알렸지만, 그해 스승이자 든든한 버팀목이던 나쓰메 소세키가 세상을 떠나는 아픔을 겪었다. 1919년 마이니치신문에 전속 작가로 입사해 창작에 전념하며 10년 남짓한 작가 생활 동안 140여 단편을 남겼다. 오랫동안 신경쇠약에 시달리다가 1927년 7월 24일 서른다섯 살에 집에서 수면제를 먹고 자살했다.

「소세키산방의 가을」은 1920년 1월 마이니치신문에 실린 글이다.

늦가을 쌀쌀한 밤, 좁다란 언덕길을 올라가면 낡은 판자지붕을 인 대문이 나온다. 전등이 켜져 있지만 기둥에 걸린 문패처럼 있는지 없는지조차 모를 만큼 어둡다. 대문 안으로 들어서니 바닥에 자갈이 깔린 가운데 정원수 낙엽이 어지러이 나뒹군다.

자갈과 낙엽을 지르밟으며 현관에 다다르자 역시 낡아빠진 격자문. 그 외에는 벽이며 벽판이며 할 것 없이 모조리 담쟁이덩굴로 가득하다. 그래서 안내를 청하려면 우선 메마른 담쟁이덩굴 잎을 부스럭부스럭 헤쳐서 초인종 버튼을 찾아야 한다. 가까스로 초인종을 누르니 환한 불빛이 비치는 장지문이 열리고 트레머리를 한 하녀 한 명이 곧장 격자문 걸쇠를 풀어준다.

1.5평 남짓한 비좁은 현관에는 타이산 금강경을 탁본한 두 폭짜리 병풍이 놓여 있다. 여기에 모자나 외투가 없으면 먼저 온 손님이 없다는 뜻이라 냉큼 안으로 들어간다.

현관 왼쪽 복도를 걸어가면 운치로운 난간, 그 바깥에는 이미 가을바람에 찢긴 파초 이파리가 별빛 총총한 밤하늘 아래 너울너울 굽이친다. 낮에 보면 파초 아래는 서리에도 끄떡없는 암녹색 속새로 온통 뒤덮여 있다. 서재 유리문 사이로 새어 나오는 전등 불빛이 지금은 정원 바닥까지 비추지 않는다. 아니, 그 불빛 탓에 건너편 처마 끝에 매달린 풍경 그림자가 오히려 짙은 땅거미 속에 숨겨진 채다.

유리문 너머로 서재를 들여다보니 비가 샌 흔적이며 쥐가 파먹은 구멍이 하얀 종이 바른 천장에 여전히 얼룩덜룩하다. 5평쯤 되는 다다미방인데, 학 다섯 마리가 새겨진 붉은 융단을 깔아놓아 다다미가 얼마나 낡았는지는 알 수 없다.

서쪽(현관 근처)에 오색 무늬 장지문이 있고, 그중 한 짝에 고풍스러운 벽걸이 그림이 하나 보인다. 삼베에 노란 백합처럼 생긴 꽃을 수놓았는데, 쓰다 세이후 화가인지 누구 씨가 도안했다던가. 장지문 좌우 벽에는 그다지 고급은 아닌 유리문 달린 책장이 놓여 몇몇 선반에 서양 서적이 빽빽이 꽂혀 있다. 복도와 접한 남쪽에 살풍경한 쇠창살을 댄 서양식 창문, 그 앞 커다란 자단나무 책상 위에 벼루와 붓꽂이가 서예 종이와 법첩과 함께 의외로 가지런히 늘어서 있다.

남쪽 창가를 빼고 남쪽 벽과 맞은편 북쪽 벽에는 늘 족자를 걸어둔다. 화가 조타쿠가 그린 대나무 수묵화가 혁명가 황싱이 쓴 '문장천고사文章千古事' 글씨와 인사를 나누기도 하고, 승려 모쿠안이 쓴 '화개만국춘花開萬國春' 글씨가 화가 우창쉬가 그린 목련화와 머리를 맞대기도 한다. 서재를 장식한 것은 족자뿐만이 아니다. 서쪽 벽에는 야스이 소타로가 그린 유화 풍경화, 동쪽 벽에는 사이토 요리가 그린 유화 화초화, 북쪽 벽에는 메이게쓰 선사가 초서체로 쓴 '무현금無絃琴' 가로글씨, 모두 액자 속에 담겨 걸려 있다. 액자 아래나 족자 앞에 때때로 구리로 된 꽃병에 낙상홍이며 청자에 국화꽃을 꽂아둔 이는 틀림없이 풍류를 아는 사모님이니라.

먼저 온 손님이 없으니 서재를 둘러보던 눈을 곁방으로 돌린다. 곁방이라고 해봐야 동쪽 공간인 이곳과 서재 사이에 장지문은커녕 아무런 가림막도 없기에 사실상 하나의 방이나 마찬가지다. 다만 곁방은 바닥이 마루로 중앙에 가로세로 2미터 크기로 깔린 오래된 양탄자 외에는 다다미 한 장 없다. 동과 북 두 벽에 동서고금을 망라하는 장서로 가득 찬 어마어마하게 큰 책장을 두고도 책을 다 꽂을 수 없었는지 근처 마룻바닥에 층층이 쌓인 책 더미도 적지 않다. 남쪽 창가에 자리한 책상 위에도 족자니 법첩이니 화집이 어수선하게 널려 수북하다.

곁방 큼지막한 양탄자가 사방에 늘어놓은 책 때문에 화려한 붉은 색을 조금밖에 내보이지 않는다. 그 가운데를 차지한 작은 자단나무 책상, 뒤에는 방석 두 장이 포개져 있다. 자단나무 책상 위에는 구리 도장이 한 개, 돌에 새긴 도장이 두세 개, 펜접시 대신 쓰는 대나무 찻숟가락, 거기 위 만년필, 옥으로 된 문진을 올려둔 원고지 한 묶음. 그리고 이따금 꺼내져 있던 돋보기.

머리 위로 전등이 눈부시게 빛을 발하고 옆에 놓인 도자기 화로에서 쇠 주전자가 벌레 우는 소리를 내며 끓어오른다. 늦가을 밤 찬 기운이 돌면 먼발치 가스난로에서 새빨간 불길이 남실거린다. 책상 너머 두 장 겹친 방석 위에는 어딘가 사자를 떠올리게 하는 키 작은 반백 노인이 때론 편지를 휘갈기고 때론 당나라 시집을 뒤적이며 홀로 단정히 앉아 있다.

…… 소세키산방의 가을밤은 이처럼 고요하고 쓸쓸한 느낌이었다.

'소세키산방'이라 불리던 나쓰메 소세키의 마지막 서재.

서재 한담

노무라 고도野村胡堂

1882년 이와테현 출생. 1907년 도쿄대 법학과에 입학했으나 학비 부족으로 중퇴, 호치신문사에 입사해 정치부 기자로 일했다. 당대 인물을 평론하는 기사를 연재하며 이름을 알렸고, 필명으로 음악 칼럼을 쓰기도 했다. 1931년 마흔아홉 살에 에도시대 '제니가타 헤이지'란 탐정이 활약하는 「금빛 여인」으로 문단에 데뷔, 일약 인기 작가가 됐다. 이후 1957년까지 26년간 장편과 단편을 합쳐 총 383편에 달하는 '제니가타 헤이지 체포록' 시리즈를 집필했다. 만년에 고향에 제니가타기념도서관을 세우고 저서와 그동안 모은 장서를 기증했다. 1963년 4월 14일 여든한 살에 세상을 떠났다.

「서재 한담」은 1959년 11월 출간된 『고도백화』에 실린 글이다.

서재는 넓으면 좋을까, 좁으면 좋을까? 조시가야에 살 때 1평이 채 되지 않는 벽다락을 서재로 삼은 적이 있다. 정신 사납지 않아 좋았지만 참고서 놓아둘 곳이 없어 곤란했다. 지금 서재는 4평인데도 조금 좁은 느낌이다.

이제껏 본 서재 가운데 가장 이상적인 공간은 야나기타 구니오 선생*의 서재다. 얼추 30평 크기에 구석구석 책장이 놓였는데, 도서관 서고처럼 방 가운데도 책장이 자리했고 한구석에 업무용 책상이 있었다. 이러면 한밤중에 옆방까지 참고서를 찾으러 가지 않아도 되니 편하겠다. 서재와 서고를 따로 만들면 꽤 합리적일 것 같지만, 추운 겨울밤이면 그만 귀찮아져서 꼼짝도 하기 싫은 법이다. 설렁설렁 일을 하면 아무래도 변변찮은 결과가 나온다.

처음 만난 것은 선생이 귀족원 서기관장을 하시던 무렵이다. 우치사이와초 관사에 살고 계셨는데, 관사 역시 책장투성이였다. 지금보다 훨씬 활기가 넘쳤던 선생은 서재 얘기보나 여행 얘기만 늘어놓았다.

"기행문 중 제일 재미있는 작품은 후루카와 고쇼켄이 쓴 『동유잡기』와 『서유잡기』야. 쇼쿠산진과 가이바라 엣켄이

---

* 야나기타 구니오(柳田国男 1875~1962) 민속학자로 유럽 인류학을 바탕으로 전국을 돌아다니며 자료를 수집해 '일본 민속학' 체계를 완성했다.

쓴 글도 좋았어. 외국 것은 『길의 매력』이려나. 아주 즐겁게 읽었다네."

선생은 훌쩍 자리에서 일어나 책장에서 『길의 매력』을 꺼냈다. 한 영국인 부부가 자동차를 타고 외딴 시골에서 외딴 시골로 돌아다니며 시골길 정취를 이야기하는 책이었다.

"목적지를 정해놓고 쓱 갔다 쓱 오는 여정은 여행이라기보다 비즈니스 같아. 도쿄 말씨를 쓰며 음식 맛만 신경 써서는 도쿄 생활을 장소만 바꿔 하는 꼴이고. 이름난 명소를 구경해도 바위와 물과 소나무 대여섯 그루만 있을 뿐이라 지루해. 진짜 여행 정취를 즐기려면 아무것도 없는 평범한 길을 걸어봐야 해. 이 산을 넘으면 뭐가 있을까, 이 숲 저편은 어떤 모습일까 상상하면서 말이지. 도치기현 나스 안쪽에서 후쿠시마현 미나미아이즈로 빠지는 산길이 딱 그런 흥미로운 길이었어."

그 후로 오랜 교제를 이어가며 전쟁 중에 방문했을 때였다. 예의 30평짜리 서재에 작은 화로를 놓고 손을 쬐며 "땔감도 모자란 판에 방이 넓으니까 추워 미치겠어"라고 체념한 듯한 표정을 지으며 투덜거리셨다. 어쨌든 서재는 기본적으로 넓은 편이 좋다.

그럼 서양식이 좋을까, 일본식이 좋을까? 저마다 취향에 따라 다르겠지만, 나는 의자가 아니면 일이 안 된다. 얼마 전 서재 남쪽과 동쪽 창문에 창호지를 발라봤는데, 이 녀석은 대성공이었다. 종이를 뚫고 들어오는 햇빛이 이루 말할 수 없이 포근하다. 서양식 방에 창호지라니, 머지않아 세계적으로 크게 유행하지 않을까.

사실 서재를 두고 이런 사치스러운 소리를 해대는 것도 십수 년 사이 일이다. '제니가타 헤이지 시리즈'를 쓰기 시작했을 무렵만 해도 셋집살이에 아이가 공부에 열중하던 시기라 아버지인 나는 거실 한 곳만 자유롭게 쓸 수 있었다. 식사 때는 식당이 될뿐더러 아내는 바느질감을 늘어놓기 일쑤였다.

"어수선한데 잘도 쓰네."

집에 놀러 온 친구가 깜짝 놀라곤 했다. 내게는 신문사 편집국과 비교하면 시끄러운 축에도 들지 않았다. 요컨대 서재가 어쩌고저쩌고 말해봤자 핑계 아니면 허세일 뿐이다. 글이 잘 써질 때는 어디에 있든 술술 써진다. 안 써질 때는 어디에 있든 도통 써지지 않는다.

한밤 귀갓길

나가이 가후永井荷風

1879년 도쿄도 출생. 1900년 가부키 극장 전속 작가로 들어가 야학에서 프랑스어를 배우며 에밀 졸라와 보들레르에 심취했다. 1902년 『지옥의 꽃』을 발표해 모리 오가이에게 극찬받았다. 1903년 미국을 거쳐 프랑스에 머물다가 1908년 귀국, 이듬해 출간한 『프랑스 이야기』가 풍기 문란이란 이유로 판매 금지당했다. 1910년 게이오대 문학과 교수가 되어 『미타문학』을 창간하고 편집했다. 이후 동시대 문명에 대한 혐오감을 토로하며 탐미주의 화류소설 『묵동기담』, 산책 수필 『게다를 신고 어슬렁어슬렁』 등을 남겼다. 1959년 4월 30일 여든 살에 세상을 떠났다.

「한밤 귀갓길」은 1921년 12월 잡지 『명성』에 실린 글이다.

전차도 이미 끊긴 지 오래다. 하는 수 없이 깜깜한 밤거리를 걸어 집으로 향한다. 한밤중 대문을 열고 어둠 속에 우뚝 솟은 우리 집 지붕과 정원 나무를 올려다보면, 그리운 이를 만난 듯 언제나 마음이 평온하다. 이 기분은 모임이나 극장에서 돌아올 때 한층 진하다.

대문 안으로 들어서자마자 언제나 그렇듯 우편함을 뒤적거린다. 오랫동안 소식이 없던 옛 친구가 보낸 편지라도 있는 날이면 그 자리에 선 채 곧장 봉투를 뜯어 편지를 꺼낸다. 그러고는 편지를 높이 들어 달빛이나 별빛 또는 이웃집 대문에서 새어 나오는 불빛에 비춰가며 읽는다. 우연한 기회로 담담한 일상생활이 갑자기 멋진 시구절이 되는 순간, 나는 무한한 기쁨을 느낀다. 비로소 인생이 아름답고 정겹다는 생각이 든달까.

조용히 대문과 쪽문을 걸어 잠그고 현관으로 다가서는데, 정원 쪽에서 희미하게 꽃향기가 풍겨온다. 돌 위에 올려두고 깜빡한 분재에서 나는 향내다. 꽃향기는 공기가 건조한 추운 겨울밤에 가장 잘 느껴진다. 장마가 끝나고 나서는 눅눅한 흙냄새와 풀내음이 코끝을 스친다. 어쨌든 바람 부는 날이나 햇볕이 내리쬐는 낮에는 느낄 수 없는 냄새다.

적막한 깊은 밤에만 느껴지는 이 은은한 꽃향기의 마중

을 받으며 어두컴컴한 현관문을 열고 인기척 없는 집 안으로 들어간다. 어둠 속에서 더듬더듬 서재 문을 연다.

가을밤이나 겨울이 가까워질 무렵에는 귀뚜라미가 사람 없는 틈을 타 몰래 들어와서는 소파 아래나 병풍 뒤에 숨어 울어댄다. 닫힌 창문 사이로 달빛이 은실처럼 비칠 때도 있다. 모자도 벗지 않고 외투를 입은 채 손을 뻗어 등불을 켠다.

책상 위에는 읽다 만 책, 쓰다 만 초고, 내팽개쳐진 펜과 담배 파이프. 소파에는 이미 과거가 되어버린 그날 반나절 낮잠 꿈을 머금은 솜털 이불. 더러운 카펫 위에는 아무렇게나 벗어 던진 양말. 찢어진 서화 병풍. 이 모든 것이 어지러이 널브러진 실내 광경. 나라는 한낱 중년 서생의 생활이 여윈 손끝으로 켠 불빛을 받아 더없이 쓸쓸하고 고요하게 눈앞에 고스란히 드러난다.

회한, 근심, 번민, 희망, 망상…… 온갖 감정이 구름처럼 뭉게뭉게 피어오른다. 나는 이 침통한 한밤중 감상을 달갑게 받아들인다. 기쁘기 그지없다. 홀로 밤늦게 집으로 돌아올 때, 이 세상에서 서재만큼 반가운 곳은 없다.

" 책상 위에는 읽다 만 책, 쓰다 만 초고,

내팽개쳐진 펜과 담배 파이프.

소파에는 이미 과거가 되어버린

그날 반나절 낮잠 꿈을 머금은 솜털 이불. "

나가이 가후

1.5평짜리 방

쓰지 준辻潤

1884년 도쿄도 출생. 집안이 가난해 중학교를 그만두고 심부름꾼으로 일하며 야학교를 졸업했다. 1904년 초등학교 임시 교사로 근무하며 영어를 독학했고, 1909년 정식으로 영어 교사가 된 뒤 롬브로소의 『천재론』 등을 번역해 이름을 알렸다. 1922년 다다이즘에 심취해 표현의 자유를 갈망하고 사회의 압박감을 한탄하며 방랑 생활을 시작, 아나키스트와 교류하는 한편 문명을 비평하는 저술 활동을 이어갔다. 1924년 수필집 『데스페라』 출간, 1929년 막스 슈티르너의 『유일자와 그의 소유』를 번역해 호평받았다. 평생 떠돌이로 살다가 1944년 11월 24일 예순 실에 홀로 생을 마감했다.

「1.5평짜리 방」은 1930년 11월 출간된 『절망의 서』에 실린 글이다.

나는 오랫동안 서재다운 서재는커녕 책장다운 책장 하나 가진 적 없음을 자못 자랑스레 떠벌리고 다니는 사람이다. 문필 생활을 하면서도 세상에 태어나 만년필 한 자루조차 아직 제 손으로 산 일이 없다. 이 역시 짐짓 멋들어진 취향인 양 여기며 살아가는 인간이다.

옛날, 스무 살 무렵이던가. 한 초등학교에서 임시 교사로 일하며 월급 15엔을 받았더랬다. 여선생과 책상을 나란히 두고 앉아 토머스 칼라일이 쓴 『의상철학』을 벌레라도 씹은 듯한 얼굴로 읽는 나날이었다. 매일매일 세 들어 사는 더럽고 비좁은 3평짜리 단칸방을 떠올리며 홀로 차분히 생각에 잠겨 있을 서재가 갖고 싶다고 간절히 빌었다.

어느 날, 교무실에서 다른 선생과 이야기를 나누다가 무심코 그 소원을 입 밖으로 내뱉고 말았다. 그러자 다들 나를 비웃었다. 고작 15엔밖에 못 받는 월급쟁이, 그것도 임시인 주제에 자기만의 서재를 꿈꾸다니! 지나치게 로맨틱한 내 말이 아무래도 그들에게는 시답잖은 소리로 들렸나 보다.

대관절 너 따위가 서재가 있다고 뭘 할 건데? 일단 서재라고 부르려면 적어도 책이 100권에서 200권 정도는 있어야 하는 법. 거기서 네가 과연 무엇을 하겠어? 기껏해야 두세 가지 잡지나 뒤적일 게 뻔하지. 쓸데없이 공간을 낭비해서야

쓰겠는가? 필시 내심 이렇게 생각했을 게다.

진심으로 원하는 바를 얘기했는데, 그걸 웃음거리로 삼고 무시해버린 그들에게 화가 나기도 하고 부끄럽기도 했다. 그때 내게는 책을 찬찬히 읽을 시간과 장소가 절실했다. 뭣보다 더없이 멋진 서재를 원하지도 않았다. 그저 조용히 마음을 가라앉힐 방이 있으면 좋겠다는 의미였을 뿐이다.

그 후 대여섯 해 참고 견딘 끝에 가까스로 취향에 꼭 맞아떨어지는 보금자리 한 채를 발견했다. 도쿄 서북쪽 교외에 있는 집으로, 어머니와 여동생과 함께 셋이 살았다. 지금껏 살면서 가장 고요하고 행복한 시간이었다.

언덕 위에 자리한 셋집은 겨우 3평, 2평, 1.5평 방 세 개로 된 아주 자그마한 집이었다. 집주인이 정원사인 만큼 만듦새가 말끔했고 비교적 정원이 넓어 동백나무며 남천죽이며 수국 같은 갖가지 화초가 자랐다. 현관에 들어서면 바로 보이는 2평짜리 방은 가족이 모여 식사하는 거실로 썼기에 어머니와 친한 손님은 문을 열자마자 왼쪽에 달린 사립문을 통해 가운데 3평짜리 방으로 들어갔다.

맨 안쪽 1.5평 방이 바로 내가 처음 찾아낸 이상적인 서재였다. 복도와 잇닿은 다실풍 별채로 벽장과 붙박이 선반과 툇마루가 딸린 번듯한 독립된 방이었다.

나는 방에 혼자 틀어박혀 마음껏 망상에 빠지거나 잡다한 책을 닥치는 대로 읽을 날을 한껏 기대했다. 장식품이라곤 아무것도 없었다. 붙박이 선반 한구석에 달랑 꽃병 하나가 놓인 정도였다. 그나마 한쪽 벽면에 다노무라 지쿠덴이 그린 관음보살 수묵화와 반대편에 스피노자 초상화를 오래된 삼나무 액자에 담아 걸었다. 둘 다 오랫동안 곁에 두고 감상하던 그림이건만 지금은 족자도 초상화도 갖고 있지 않다.

여하튼 그걸로 충분했다. 문필가란 직업으로 말미암은 단조로운 생활 탓에 때때로 우울해지곤 했지만, 원래 야심 따윈 전혀 없는 인간이라 괜찮았다.

아직도 그 교외에 있던 한적한 집에서 바라본 여름 저물녘 정경이 눈에 훤하다. 언덕 아래 일대는 햇볕이 들지 않는 골짜기라 인가가 드물었고 멀리 오지의 아스카산이 아득히 보였다. 이름은 잊었지만 골짜기 건너편 한 절에서 해가 질 무렵 들려오던 범종 소리, 더없이 아름다운 메아리가 되어 구석구석 울려 퍼졌다. 나무와 나무 사이로 내리비치는 석양, 저녁매미 우는 소리, 둥지로 바삐 돌아가는 새, 근처 목장에서 흘러나오는 염소 소리…… 홀로 언덕 위에 우뚝 서서 한껏 저녁 정취를 맛보곤 했다. 비록 소극적이긴 했어도 조용한 행복을 누렸다.

그 후 열대여섯 해 동안 서재든 뭐든 까맣게 잊고 살았다. 생활 기반이 불안정해진 탓이었다. 그저 어떤 곳에 있든 하고 싶은 일만 할 수 있으면 그만이란 생각에 게으름을 피웠다. 본디 일본의 생활양식이나 집 구조는 인간이 되도록 일을 하지 않게끔 설계되어 있다고 해도 과언이 아니다. 하여 나 같은 사람은 조금이라도 정성 들여 일을 하자는 등 분수에 맞지 않는 마음을 먹으면 안절부절못할 게 틀림없다.

다시 서재 이야기로 돌아가서, 아무리 가족이 있더라도 서재나 작업실은 따로 떨어진 별채가 좋다. 친구 중에 독신인 공학 박사가 있는데, 만날 때마다 자신이 공상하는 베첼러 타워(독신남의 탑)를 이야기해준다. 둥근 모양으로 이상한 나선형 계단을 달아 입체적이고 온갖 근대 과학의 힘을 최대한 응용해 여러 구조를 만든다는 식이다. 문제는 그가 술고래 몽상가라서 매번 내용이 조금씩 바뀐다는 점이다.

여하튼 지금 어디선가 나 따위는 도저히 생각지 못할 새로운 미궁 같은 아틀리에를 짓고 남에게 보여주는 사람이 분명 있겠지, 무심히 생각해본다. 나는 『방장기』*를 사랑하는 사람이라 그저 옆에서 구경하며 관심만 둘 뿐이다. "대나무 기둥에 초가지붕"처럼 세찬 바람 불면 날아갈 듯한 단칸

방에 드러누워. 가을밤, 달이나 바라보고 벌레 소리나 들으며 통소라도 불어볼까.

*승려 가모노 초메이(鴨長明 1155~1216)가 대나무 기둥에 초가지붕을 얹은 산중 암자에서 살며 자유의 감상을 쓴 글로, 일본 고전수필의 백미로 꼽힌다.

나의 서재

쓰치다 교손 土田杏村

1891년 니가타현 출생. 고등학교 시절, 일본 철학의 아버지라 불리는 니시다 기타로를 접하고 1914년 교토대 철학과에 입학했다. 에드문트 후설의 현상학에 매료돼 1919년 『현상의 철학』을 펴내는 한편 이듬해 잡지 『문화』를 창간해 사회문제와 사상 등 다방면에 걸쳐 날카로운 비평문을 발표하며 이름을 알렸다. 1921년 영국 신교육 운동의 영향을 받아 이른바 자유대학 운동을 동료 교수인 사쿠라이 스케오과 함께 펼쳤고, 1929년 『생산경제학에서 신용경제학』을 출간해 호평받았다. 이후 국문학과 일본 미술사 연구에 몰두하다가 1934년 4월 25일 마흔세 살에 세상을 떠났다.

「나의 서재」는 1927년에 쓴 글이다.

일단 제목은 적었는데, 막상 뭘 써야겠다는 생각은 없다. 그저 한낱 독서광으로 온종일 서재 안에 틀어박혀 산다고 하면 되려나.

나의 서재, 먼저 크기를 말하면 2평, 3평, 5평 방 세 개로 이루어진 집(그래봤자 들판 한가운데 자리 잡은 아주 자그마한) 면적 가운데 절반쯤 차지한다. 애당초 교토 교외에서도 멀찌가니 떨어진 곳에 집을 지은 이유는 독서나 집필할 때 외부로부터 아무런 방해를 받고 싶지 않아서였다. 서재 역시 가족이 머무는 공간에서 말소리가 안 들려오는 곳을 골라 따로 꾸밀 작정이었다. 그래서 원래 방 두 칸짜리 양옥집이었지만, 지난해 5평 방 하나를 새로 만들었다.

지금은 그 방에 침대까지 두고 종일 들어앉아 지낸다. 사쿠라이 스케오 군*이 우리 집에 왔다 간 다음 쓴 「누옥 방문기」를 보면 "멀리서 양철 지붕이 보인다"라는 문장이 나온다. 아쉽게도 지붕은 양철이 아니라 석면슬레이트다. 내친김에 하나 더 "논과 논 사이 작은 잡나무 숲을 헤치고 들어가면 그 안에 쓰치다 씨의 소박한 집이 있다"는 대목. 이것도 잡나무가 아니라 내가 손수 심은 우리 집 정원수다. 단지 정

* 사쿠라이 스케오(桜井祐男 1887~1952) 교육자로 쓰치다 교손과 함께 『교육문예』라는 동인지를 만들어 활동했다.

원사의 손을 빌리지 않고 제멋대로 자라게 놔뒀더니 잡나무 수풀이 되어버렸을 뿐이다. 다른 친구가 "막 병상에서 일어난 사람의 헝클어진 머리카락 같다"라고 표현했는데, 과연 그 말 그대로다.

집 안은 늘 책이 어수선하게 나뒹군다. 처음 이사 와서는 2평짜리 방을 응접실로 사용했더랬다. 하지만 책 둘 곳조차 궁한 처지에 그런 사치를 누릴 순 없는 노릇이라 그 방에 책장을 두 개 들이고 주위 벽에 되도록 선반을 많이 달아 아예 서고로 꾸몄다. 바닥에도 책이 수북하다. 3평짜리 방은 서재이자 응접실이자 서고인 탓에 비좁기 짝이 없다. 침대를 놓아둔 5평짜리 방은 완전한 내 방으로 요즘은 주로 이곳에서 일을 한다.

어느 방이든 책이 들어찰 만큼 들어찼다. 차츰차츰 복도를 잠식하던 책은 어느새 다른 방을 잡아먹더니 기어이 침대 아래까지 차지하고 말았다. 자나 깨나 책 더미에 파묻히는 상황이 썩 유쾌하지 않기에 깔끔한 방이 하나 있으면 좋겠지만, 그런 태평한 소린 차마 입 밖으로 꺼내지 못한다.

책은 대여섯 개 책방에서 사들인다. 양서는 마루젠서점에서 하루걸러 한 번씩 엽서로 신간을 알려주고, 중국서는 이분도서점에서 목록을 가져다준다. 일서는 서너 개 작은 책방이 앞다퉈 신간을 가져오니까 거의 걱정할 일이 없다. 미술서 전문인 한 가게는 매일같이 새로운 책을 들고 찾아온다. 고서는 도쿄와 오사카에 있는 대여섯 군데 헌책방에서 보내는 목록을 보고 산다. 양서는 철학과 사회문제 관련 책이 가장 많다. 개중에는 꽤 진귀한 책도 있다. 대학 도서관이나 연구실에도 없는 책이다. 유명한 현대 철학서는 가능한 한 모으려고 애쓴다.

5평짜리 방, 지금 서재에는 일본 연구서를 모아놓을 생각이다. 요사이 가장 공을 들이는 분야로 특히 민족학 연구서는 빠짐없이 갖출 작정이다. 문학서는 갖가지 고전문학서, 하이쿠* 연구서, 가집, 연극사에 집중한다. 미술은 나라를 중심으로 한 고대 불교 미술 관련 책이 가장 많다. 이제 제법 충실해져 거울, 직물, 도기 등 다른 미술 서적에 손을 뻗기 시작했다. 미술서는 모두 고가라서 좀 난처하지만 누가 아나, 훗날 내 수집품이 세상에 인정받는 희귀품이 될는지.

불교 미술 사진집만큼은 빼놓지 않고 사들인 덕에 이제 완벽하다. 『호류지 대경』, 『7대사 대경』, 『일본 국보 전집』을 비롯해 이것저것 닥치는 대로 그러모았다. 조선, 중국, 인

* 5·7·5의 17음으로 이루어진 일본 고유 정형시.

도의 사진집도 고심하며 내 재정이 허락하는 범위 내에서 되도록 살 요량이다. 각 지방에서 출간하는 지리책 가운데 미술서를 골라 수집하는데, 좀처럼 구하기 어려워 애를 먹기도 한다. 어제는 『나라현 사적 명승 천연기념물 조사 보고』 전권을 손에 넣어 무척 기뻤다. 서적 목록만 보면 아귀처럼 탐욕스러운 눈을 부라리며 샅샅이 내리훑는 나날이다.

요즘은 전집물이 대거 나와서 고맙기 그지없다. 보이는 족족 사들이는 참이라 유명한 작가나 저작은 거의 다 손에 들어왔다. 시시한 전집은 쓸데없이 자리만 차지하기에 단돈 1엔이라고 해도 살 생각이 없다. 이미 책 둘 공간이 부족해 쩔쩔매는 형편이다. 한때 도쿄로 이사 갈까 하다가 그만뒀다. 생각해보니 이 수많은 책을 어찌 처리해야 할지 막막했다. 나 같은 사람이 들어갈 셋집에는 이만한 책을 놓을 장소가 마땅히 없을 게다.

잡지는 잔뜩 사는 만큼 잔뜩 받아서 유명한 잡지라면 얼추 다 있다. 매달 70종 정도 보내오지 싶다. 일일이 읽어보진 못해도 역시 갖고 싶다. 기증해주는 잡지라면 뭐든 상관없다. 단 한 권도 안 버리고 소중히 보관한다. 신문은 보통 1년 치가량 소장한다. 잡지와 신문은 평론을 쓸 때 요긴한 자료가 된다. 도쿄에서 교토로 집을 옮길 때 더는 필요 없을 것 같아 팔아치운 잡지가 막상 다시 필요해져 바지런히 모으는 중이다. 때문에 이제는 쓸모없어 보여도 되도록 버리지 않고 그냥 둔다.

이런 까닭에 책을 정리하기 힘들다. 그나마 잡지는 아내가 대신 정리해준다. 그 탓에 정작 주인은 어디에 어떤 잡지가 놓여 있는지 모른다. 취미가 쉴 새 없이 바뀌는 나는 재미있는 분야 책은 잘 정리해두는 편이다.

정리보다 힘든 것은 책을 살 재력이다. 용케 내 힘으로 이만큼 사서 모았구나, 홀로 감탄하기도 한다. 하여 늘 아내한테 혼난다. 어제도 책값을 주고 났더니 아내가 가계부를 들고 왔다. 이번 달 책값이 무려 230엔, 이런 방탕한 아들이 있으면 당장 내쫓을 판이라고 잔소리를 늘어놨다. 이런, 아직 지불하지 못한 100엔 남짓 외상값이 남아 있는데, 큰일이다. 나는 책을 사기 앞서 고민에 고민에 고민을 거듭한다. 살까 말까, 고뇌한 끝에 결국 사지 않기로 마음먹을 때 내 얼굴은 못내 섭섭하다는 표정을 지으리라.

화집은 200엔이나 300엔짜리가 적지 않다. 시가 나오야*

* 시가 나오야(志賀直哉 1883~1971) 소설가로 미술에 조예가 깊어 미술서 편집자로도 활동했다. 자신의 신변 체험을 간결한 문체로 써 내려간 사소설을 선보이며 당대 '소설의 신'이라 불렸다.

가 편집한 미술 도록 『좌우보』는 어찌어찌 샀다. 한번은 서점 주인이 그 비싼 화집을 두세 권 가져왔을 때는 흥분을 감추지 못했다. 눈앞에 멋진 책이 있다! 서가에 꽂아본다. 아니, 아니. 도로 가져가라고 해야 해. 하는 수 없이 바닥에 내려놓고 만다. 번뇌는 끝이 없다. 정말이지 몹쓸 병이다.

반면 옷은 전혀 신경 쓰지 않는다. 양복은 한 벌 있지만, 기모노는 평상복밖에 없다. 그 양복도 요즘은 거의 입지 않는다. 겨울이든 여름이든 루바시카 한 벌로 지낸다. 러시아 옷인 루바시카는 참으로 편리한 옷이다. 머리부터 푹 뒤집어쓰기만 하면 되니 성가시지도 않다. 겨울에는 속에 셔츠를 여러 장 겹쳐 입으면 그만이다. 지난 삼사 년간 달랑 루바시카 한 벌로 버텼다. 모자는 여름용 헌팅캡 하나. 이 두 개로 서너 해의 여름과 겨울을 넘겼다. 이제 학교에 갈 일 없기에 멋을 낼 필요가 없다. 가난한 대학생 같은 옷차림으로 늘 산책을 나간다.

머릿속은 오로지 연구 생각뿐이다. 책뿐이다. 가족들만 딱하게 됐다. 어디서 돈벼락이라도 떨어지면 좋으련만, 그럴 리는 없겠지.

" 차츰차츰 복도를 잠식하던 책은

어느새 다른 방을 잡아먹더니

기어이 침대 아래까지

차지하고 말았다. "

쓰치다 교손

서재가 중심인 집

미야모토 유리코宮本百合子

1899년 도쿄도 출생. 1916년 열일곱 살에 「가난한 사람들의 무리」로 데뷔, 천재 작가로 주목받았다. 1919년 미국 유학 중에 만난 언어학자 아라키 시게루와 결혼하지만 1924년 이혼했다. 이후 러시아문학자 유아사 요시코와 공동생활하며 공산주의 사상에 매료돼 1927년 러시아로 건너갔다. 귀국 후 프롤레타리아 작가로 활약하는 한편 문예평론가인 미야모토 겐지와 결혼했다. 1933년 남편이 치안유지법 위반으로 투옥되었고 자신도 구속과 석방을 거듭했다. 전후 사회상을 여성의 시선으로 섬세하게 그려낸 『노부코』, 『반슈평야』 등 역작을 남겼다. 1951년 1월 21일 쉰두 살에 세상을 떠났다. 「서재가 중심인 집」은 1922년 9월 잡지 『주택』에 실린 글이다.

우리 부부처럼 둘 다 책상 앞에 앉아 일하는 사람은, 만약 꿈이 이루어진다면 맨 먼저 조용하고 멋진 서재를 갖고 싶다.

웅장하고 화려하지 않아도 괜찮다, 자재가 훌륭하지 않아도 상관없다. 그저 각자 성격과 일 종류에 맞는 공부방이 따로 있으면 좋겠다. 하루 중 대부분을 서재에서 생활할 테니 응접실, 식당, 침실 같은 방은 모두 일하느라 공부하느라 고조된 긴장을 풀어주고 다소 지친 머리를 식혀주는 마음 편한 공간이면 족하다.

나는 동쪽이나 남쪽에서 곧바로 내리비치는 햇빛이 너무 싫다. 적어도 공부할 때는, 그러니까 서재는 북향이길 원한다. 널따란 아치형 서양식 창을 내고 주위에 탄탄한 나무로 짠 책장, 벽은 어두운 초록색 벽지, 천장은 온통 순백색 그리고 문은 되도록 작게. 방 안으로 한 걸음 들어서면 그윽한 햇살과 소박한 가구가 마음을 착 가라앉히고 크고 넓은 책상 위 원고지가 나를 끌어당겨 저절로 글을 써 내려가도록 말이다. 벽 한쪽에 사랑하는 그림을 걸고 몸을 쭉 편 채 느긋이 생각에 잠기기에 딱인 소파, 한구석에 피아노가 놓여 있으면 더할 나위 없이 완벽하리라.

서재에 머릿방처럼 작은 침실이 딸려 있어도 괜찮지 싶다.

침실은 두꺼운 커튼으로 가려놓는다. 밤낮이 바뀌거나 불규칙한 생활을 하기 쉽기에 피곤한 사람을 방해하는 것도 미안하고 때론 눈치 보며 조심하는 것도 불편하기 그지없으니. 침대(디자인은 단순하고 매트리스는 큰), 낙낙한 거울이 달린 나직한 화장대, 옷 넣는 장롱. 벽은 어떤 색깔이 좋으려나. 딱히 생각해둔 건 없어도 책상 위 스탠드로 실내를 비췄을 때 그늘과 조화를 이루며 따뜻하고 부드러운 분위기가 나는 색이면 좋겠다. 침실만은 절대로 아침, 날이 밝아지기 전부터 바깥에서 햇빛이 들어오지 않아야 한다. 눈이 부셔서 일찍 잠에서 깨면 오전 내내 머리가 무겁고 띵하다.

서재는 어딘가 묵직한 편이라면, 응접실이나 식당은 아주 느슨하고 유쾌한 공간으로 꾸미고 싶다. 거들먹거리며 금테 두른 의자를 놓아두지 말고 살짝 고풍스러운 커다란 벽난로 곁에 몸이 파묻힐 만큼 폭신한 대형 의자나 소파, 상쾌한 내닫이창 아래 붙박이 의자, 베란다, 한쪽 구석에는 쓰기 편리한 티테이블. 마룻바닥에는 알록달록한 카펫 두세 장을 깔자. 들어서자마자 새삼 몸이 꼿꼿해지는 느낌이 아니라 후유 하고 안도감이 들면서 일단 털썩 걸터앉아 한가로이 잡담을 늘어놓을 법하게 말이다.

응접실과 식당은 나무로 짠 쌍여닫이를 달거나 그저 커다란 장막을 쳐서 분리한다. 식당이야말로 아침부터 밝은 햇살이 따사로이 들이쳐야 한다. 대여섯 명은 거뜬히 앉을 둥근 식탁, 천장에서 나지막이 드리워진 아늑한 샹들리에, 아름다운 꽃. 경쾌한 잔가지 문양이 시원스레 새겨진 벽 앞에는 수수하지만 만듦새가 단단한 그릇장과 바퀴 달린 작은 원목 테이블을 놓아야지.

식당과 주방 사이에는 아무리 작더라도 찬방이 있는 편이 좋겠다. 음식을 나를 때마다 일일이 커다란 문을 여닫기보단 찬방과의 경계에 적당한 크기로 네모난 구멍을 내고 주방에서 만든 음식을 쟁반에 얹어 이쪽으로 밀어준다. 그러면 식사 시중을 드는 사람이 식당을 나가지 않고도 음식을 가져와 식탁에 내려놓을 테니. 어쨌든 식사 중에는 되도록 번거로운 일을 피하고 싶다.

찬방에는 찬장, 요리를 뒷마감할 가스레인지, 주변에 타일 바른 개수대를 두고 벽과 천장은 모두 하얗게 칠한다. 그리고 큼지막한 창문에는 촘촘한 철망을 친다. 파리나 모기가 들어오지 못하도록. 자고로 음식은 안심하고 쭉 늘어놓아야 제맛이다. 게다가 주방과 찬방은 늘 밤늦게까지 환하게 불이 켜져 있다. 다른 방은 차분함이니 정취니 해서 오히려 구석구석 어두워도 괜찮지만, 옛날 부엌처럼 안방에서 새어 나오는 불빛만으로 더듬더듬 설거지를 하면 조금 무섭다.

옛날부터 주방은 모든 부인의 관심사였던 만큼 요즘 들어 상당히 건강하고 편리하게 바뀌었다. 나에게도 묘안이 몇 개 있는데. 첫째, 넉넉할 만큼 면적에 여유를 준다. 둘째, 선 채로 설거지도 하고 요리도 할 수 있게 한다. 셋째, 창문은 크고 많이, 벽과 천장은 새하얗게, 전등은 충분히 단다. 넷째, 커다란 탁자를 놓고 옆에는 가스난로, 가스레인지를 구비한다. 미국 주방처럼 평소에는 조리대로 쓰다가 상판을 빼면 설거지통이 나오는 싱크대도 편리할 테다. 그 옆에는 경첩 달린 다리미판을 붙인다. 다 알다시피 냉장고, 채소 저장고 등은 필수품이니 꼭 둬야 한다고 말할 것도 없으리라.

욕실은 우리에게 있어 결코 소홀히 할 수 없는 공간이다. 온 힘을 다해 부지런히 일한 다음 목욕이나 한번 할까 하며 적당히 따뜻한 물에 몸을 담그는 것만큼 심신이 자유롭고 편안한 시간이 없다. 누구나 마음대로 온도를 조절하고 언제든지 들어갈 수 있는 구조이길 바란다. 주방에서처럼 보일러로 데운 물을 빈틈없이 흰 타일 붙인 환한 욕실 욕조에 찰랑찰랑 넘칠 만큼 가득 채운다. 따로 탈의실은 없어도 되지만 욕실 문 안쪽에 옷을 걸어둘 옷걸이는 있어야 한다. 좌

변기와 세면대도 모두 욕실에 설치한다. 기존처럼 주방 귀퉁이에서 목욕옷이나 잠옷을 갈아입으면 불편하니.

가정부가 쓰는 방 역시 입식으로 하자. 그리 넓지 않더라도 싱그러운 창문, 필요한 만큼의 가구, 여성스러운 벽지로 둘러싸여 있으면 상쾌하고 활기차게 지낼 수 있으리라. 우리 집은 식구가 둘이라 식사도 함께할 테니 가정부 방이라고 해도 이따금 수다를 떨러 갈 수 있도록 해두고 싶다.

여기까지가 그럭저럭 필요한 방의 종류다. 침실 딸린 서재가 두 개, 서재는 5평가량에 침실은 2평가량. 응접실은 6평, 식당은 5평, 찬방은 1.5평, 주방은 3평, 욕실 2.5평, 가정부 방 3평. 다 합치면 총 몇 평이나 되려나. 가능하다면 건물 지붕과 벽 골조를 목재로 한 아담한 단층집으로 짓고 겨울에도 집 안이 따뜻하도록 난방장치가 있으면 좋겠다.

도로와 정원 사이에 키 작은 늘푸른나무를 둘러 심은 산울타리, 잔디밭, 그 위로 울창한 나무가 오보록이 자란 좁은 길을 따라 조금 구석진 곳에 자리한 집까지 걸어간다면 얼마나 기분이 좋을까. 시내에서 그다지 멀지 않은 교외로 탁 트인 전망에 앉아서 책도 읽을 만한 나무 그늘, 조그마한 채소밭이나 닭을 풀어 키울 뒷마당까지 있다면 전원생활을 동경하는 나는 또 얼마나 행복할까.

하지만 전차 소리가 요란한 4평짜리 허름한 방에서 이 글을 쓰고 있으니, 여태껏 이야기한 것은 모두 다 나의 이상일 뿐이다. 어쩌면 공상으로만 그칠지도 모른다.

그래도 한가해지면 마음껏 상상의 나래를 펼친다. 저런 집은 어떨까, 이런 집은 어떨까 하며 머리를 굴린다. 어떤 일 때문에 부아가 치밀어 주변에서 나는 소리나 바람에 날아오는 먼지까지 신경을 거스를 때는 어떻게든 혼자 가만히 틀어박혀 지낼 방을 달라고 간절히 빈다. 다행히 방이라면 방, 책상이라면 책상을 보람차게 사용할 때(글이 술술 써질 때)는 집 따윈 까맣게 잊어버리기에 안달복달하지 않고 끝난다.

생각해보면 그리 간단히 집을 지을 수 없을 게다. 짓더라도 내가 소유할 수 있을까. 나는 이제껏 무엇 하나 '내 것'을 가져야겠다고 마음먹은 적이 없다. 땅과 집이 많은 부자가 지금보다 좀 더 살기 좋고 안전하고 집세가 싼 셋집을 빌려준다면 죽을 때까지 그곳에서 살련다. 무엇이든 물건이 너무 뚜렷한 매매 관계를 가지면 인간적 감흥이 떨어지듯, '집'을 향한 마음가짐도 너무 영리주의에 빠지고 싶지 않다.

만약 집을 지을 만큼의 돈은 있다 치자. 처음부터 끝까지 장사꾼에게만 맡겨두면 누구나 불만이 쌓이기 마련이다. 스스로 이래저래 궁리한다, 상담한다, 계획을 조목조목 짠다.

그렇게 겨우 완성해야 손수 돌 한 덩어리 옮기지 않았더라도 '우리 집'이라는 끈끈한 감정이 생긴다. 진정으로 집과 이어지는 저마다의 마음과 추억을 느끼고 존중한다면 많은 사람이 새로운 집을 마주하기보다 어쩌면 조금 더 짙고 깊은 무언가를 원하지 않을까.

건축은 직접 할 수 없지만, 적어도 정원이나 실내장식 일부분은 그 집을 짓고 살아갈 사람의 손과 마음으로 어떻게든 된다. 정원사와 함께 남자들(남편과 남자아이)은 힘닿는 대로 화단 꾸미기, 나무 심기에 손을 보탠다. 아내와 여자아이는 수예, 자수, 패치워크를 활용해 새로운 벽지에 어울리는 커튼이며 쿠션이며 발깔개를 틈틈이 만든다. 공공건축이나 궁궐은 예외로 하고, 중산층이 마음의 즐거움을 얻기 위해 아늑한 집을 짓고자 한다면 이 정도 수고는 결코 나쁘지 않다고 생각한다.

" 남의 손에
맡길 수도 없는 노릇이라
청소도 못 하는 신세다. "

디디티와 이부자리

사카구치 안고 坂口安吾

1906년 니가타현 출생. 1926년 도요대 인도철학이론과에 입학, 1931년 단편 「겨울바람 부는 술 창고에서」가 시마자키 도손에게 극찬받은 일을 계기로 작가의 길에 들어섰다. 창작에 매진하며 여러 작품을 발표한 끝에 1946년 패전 직후의 일본 사회를 분석한 평론 『타락론』과 단편 「백치」로 인기 작가가 됐다. 유명 잡지에 매달 글을 연재하며 다자이 오사무, 오다 사쿠노스케와 함께 기성 문학 전반에 비판적이던 '무뢰파'를 형성했다. 이후 소설과 수필, 역사 연구, 문명 비평 등 자신만의 시각으로 다채로운 집필 활동을 펼치다가 1955년 2월 17일 뇌출혈로 마흔아홉 살에 사망했다.

「디디티와 이부자리」는 1948년 3월 잡지 『마담』에 실린 글이다.

서재를 2년 동안 내팽개쳐둔 것은 딱히 별다른 이유가 있어서는 아니다. 디디티*가 발명된 탓이다. 예전에는 한 달이나 두 달에 한 번은 청소했는데, 재작년 초께 발진티푸스가 유행하기 시작했다. 지금 사는 야구치라는 동네가 발생지였다. 이웃집에서도 발진티푸스 환자가 나왔다. 그래서 미군이 지휘하는 트럭 부대가 우리 집에도 디디티를 뿌리러 찾아왔다. 열흘 간격으로 다섯 차례에 걸쳐 디디티를 듬뿍 뿌려주더니 되도록 한동안 청소도 하지 말고 이불도 그대로 펼쳐두는 편이 좋다고 말하며 떠나갔다. 1945년 연말부터 개지 않고 그냥 둔 서재 이불이 위생상 괜찮다고 인정받는 순간이었다.

대신 갖가지 곤충이 다 죽어 나갔다. 벌, 사마귀, 나비, 매미, 나방, 파리가 서재에 들어오는 족족 다음 날이면 결국 사체로 발견됐다. 겹겹이 쌓여가는 사체, 이것만은 좀 더럽다. 다행히 사체에 벌레가 모여들어 알을 깔 염려는 없기에 가만두기로 했다. 1년이 지나면 저절로 모두 풍화되어 티끌로 돌아갈 테니. 자연의 섭리에 순응한 결정이다.

서재 한쪽 구석에 재작년 여름쯤 놓아둔 비자나무가 말

---

* 방역용·농업용 살충제로 1940년대부터 널리 사용됐으나, 잔류 독성 때문에 1970년대 들어 대부분 국가에서 제조 및 판매가 금지됐다.

라 죽었는지 벽면 모서리에 축 늘어져 있다. 치우고 싶어도 만지기가 무섭게 나뭇가지며 이파리에서 먼지가 훨훨 날아오르거나 우수수 떨어져서 엄두조차 못 낸다. 책상 주변에 산더미처럼 쌓인 휴지나 잡지 밑에는 온갖 물건이 숨어 있을 텐데, 뒤적거리면 먼지가 풀풀 나서 찾을 생각도 들지 않는다.

막상 서재가 깨끗해지면 그동안 찾아 헤매던 여러 물건이 나와서 속 시원하겠지만, 정리하는 데 3일이나 걸리고 또 남의 손에 맡길 수도 없는 노릇이라 청소도 못 하는 신세다.

가장 곤란한 건 남에게 받은 편지로, 조만간 답장을 보내야지 하고 이불 근처에 던져두면 금세 행방불명이 되어버려 답장을 보내지 못한다. 받자마자 곧바로 답장을 쓸 겨를이 좀처럼 없는 탓에 편지가 끊임없이 실종되니 난감할 따름이다. 아마 이 쓰레기 더미 아래에는 이미 휴지나 다름없는 수표나 어음이 잠들어 있지 싶다.

1948년 1월 『소설 신초』에 실린 사카구치 안고의 어수선한 서재.

서재

요시카와 에이지 吉川英治

1892년 가나가와현 출생. 1910년 열여덟 살에 도쿄로 올라와 홀로 문학을 공부하고 습작했다. 몇몇 잡지 현상 공모에 입선해 이름을 알렸고, 역사소설에 뛰어난 재능을 발휘해 1925년 『검난여난』, 1926년 『나루토비첩』으로 큰 인기를 얻었다. 1935년부터 4년간 아사히신문에 연재한 『미야모토 무사시』는 검객 미야모토 무사시의 치열한 삶을 다룬 대하소설로 신문소설 역사상 가장 많이 팔렸다. 이후 고전을 재해석한 『삼국지』, 『신수호전』 등을 연재하다가 마지막 신문소설 『사본태평기』가 끝날 무렵 폐암에 걸려 1962년 9월 7일 일흔 살에 세상을 떠났다.

「서재」는 1953년 12월 출간된 『그때그때 생각』에 실린 글이다.

새와 둥지처럼 떼려야 뗄 수 없는 자신만의 방에 취향대로 이름을 지어 부르는 일은 옛날부터 행해졌다. 새삼스레 중국 풍습임은 말할 것도 없다. 그것은 서재 이름인 한편 주인의 호이기도 했다. 즉 일명동체로 서재 운치와 주인 풍모라는 양면을 동시에 보여준다.

이를테면 쓰보치 쇼요坪内逍遥와 소시샤双柿舎, '감나무 두 그루가 있는 집'이란 뜻으로 쇼요 선생의 호이자 서재 이름이다. 언제였더라, 가토 아사도리 평론가가 선생이 장난삼아 그린 아타미 소시샤 옆 커다란 감나무 사생화에, 뭔가 익살스러운 단가 비슷한 시를 써놓은 색지를 들고 와서 보여줬다. 가사는 잊어버렸지만, 소시샤라는 이름이 선생의 만년을 여러 의미에서 잘 표현하는 글자라고 생각했던 게 기억난다. 정숙한 노부부가 나란히 앉은 모습이며 황혼기 생활이 고스란히 드러났다. 사람과 서재, 그 사이에서 태어난 걸작이 전부 담겨 있었다.

아쿠타가와 류노스케는 때때로 조코도澄江堂라는 별호를 썼다. 그 예술적인 시선과 죽음을 떠올리면 '맑은 강이 흐르는 집'이란 뜻인 조코도 역시 우연이 아니었지 싶다. 내친김에 얘기하면 그는 하이쿠도 지었기에 하이쿠 아호도 있었다. 또 도자기에 조예가 깊고 이케노 다이가의 문인화에 심취해

남몰래 그림을 그렸던 모양인지, 폭 좁은 족자나 당지에 그린 서화가 가끔가다 시장에 나온다. 가격을 들으면 필시 지하에서 쓴웃음을 지으리라. 아리시마 다케오도 그림을 그리고 시를 지으며 홀로 즐겼다는데, 별호는 듣지 못했다. 손수 당시를 쓴 서화에 본명을 적어놨다. 나쓰메 소세키도 서재 이름이 있었지만 직접 글에 쓴 것은 보지 못했다.

무로 사이세이는 도쿄 마고메 집에 교민도魚眠洞, 가나자와 고향 집에 간센테이寒仙亭, 서재가 두 개 있었다. 교민도는 '물고기가 자는 집', 간센테는 '가을 매미 우는 정자'란 의미였으니 과연 동물을 사랑한 작가답다. 다니자키 준이치로와 그 유명한 이쇼안松倚庵, 아쉽게도 오카모토에 있던 '소나무에 기댄 암자'는 진즉에 팔아넘겼다.* 더 찾아보면 서재에 이름을 붙인 작가가 꽤 나올 텐데, 요즘은 보통 작품에 본명을 쓰기에 거의 들은 적이 없다. 오자키 고요 선생의 도치만도 十千万堂도 있지만, 무식한 나는 무슨 뜻인지 아직 모른다.

도쿠토미 소호의 산노소도山王草堂는 거대한 역사 편찬 작업장으로 에도시대 유학자 라이 산요의 산시스이메쇼山紫水明処와 훗날 좋은 대조가 되리라. 지명과 초가집을 합친 '산노

---

* 다니자키 준이치로(谷崎潤一郎 1886~1965)가 1936년부터 1943년까지 살던 집으로, 대표작인 『세설』의 무대로 알려졌다.

에 있는 초당'은 어딘가 도쿠토미가 쌓은 업적과 경력처럼 대사회적이고 초문단적인 집 한 채를 연상시킨다. 또 비좁고 허름한 집에서 가난하게 살며 금석문자를 홀로 연구한 기자키 아이키치 박사는 셋집을 전전하는 와중에도 서재에 세키후하쓰쇼로惜不發書樓란 이름을 붙였다. '섣불리 피지 않는 독서루'라니, 주인의 개성이 또렷이 드러나서 흥미롭기 그지없다.

뭐니 뭐니 해도 서재 이름은 옛사람 쪽이 더 재미있어 상상하는 기쁨이 크다. 예전에는 이른바 문인문객뿐만 아니라 담배 가게 주인이나 전당포 주인도 다소 소양이 있고 한가로움을 즐기는 자라면 서재를 갖고 있던 모양이다. 단가며 하이쿠를 지을 때면 서재 이름을 자신의 대명사로 삼았다.

글자에 매우 까다롭고 외골수였던 교쿠테이 바킨은 서재를 죠사쿠도著作堂라고 불렀다. '글을 짓는 당집'이란 뜻이다. 세상의 칭찬과 비방을 받으면서도 얼마나 바킨이 글 쓰는 일을 천직으로 삼아 한결같이 매진했는지 확실히 느껴진다. 이하라 사이카쿠의 니만도二万堂와 쇼쥬켄松壽軒, 둘 다 그의 세태소설에 나올 법한 심상은 아니지만 내력은 유명하다.*

* 에도시대 대중작가이자 시인인 이하라 사이카쿠(井原西鶴 1642~1693)는 하룻밤에 시가를 2만 수 넘게 지었다는 일화로 유명하다. 또 남녀 애욕을 주로 쓴 작품과 달리 젊은 시절 아내가 죽자 소나무처럼 절개를 지키며 평생 혼자 살았다.

그런 면에서 하이쿠 시인 우에다 아키나리가 가벼운 몸으로 막 이사 와 찻그릇 한 쌍밖에 없는 서재를 자조 섞어 '메추라기처럼 산다'며 준코鶉居라 이름 붙인 쪽이 훨씬 흥미롭다.

자신이 머무르는 곳이 곧 서재라는 식으로 딱히 주거지 없이 살아간 서재인도 있다. 사이교, 바쇼, 잇사 등 하이쿠 대가가 그러했고 도스이, 바이사오, 료칸 같은 승려도 마찬가지였다. 도스이는 하루든 이틀이든 마음에 드는 곳이라면 남의 집 처마 밑이나 나무 그늘에 멍석 한 장 깔고 들고 다니는 족자를 건 뒤 차를 끓여 마셨다나. 그들에게 있어 그곳은 자신의 서재였던 셈이다. 그에 비하면 료칸의 고고안五合庵은 제법 사치스러운 서재였다. 그래도 '다섯 줌의 쌀'이라는 고고안은 과연 료칸다운 이름이다. "십자가두 비렁뱅이, 하치만구 배회하네, 아이가 말을 거니, 작년 온 스님이네" 같은 시나 노래를 읽고 그 쓸쓸한 작은 방을 떠올리면 역시 더없이 어울린다.

요컨대 특별한 방이 있건 없건 자신이 지내는 곳이 서재다. 이름이 있든 없든 상관없다. 정신생활의 중점이자 하루하루 글과 사상을 낳는 신성한 방인 이상 아무리 비좁고 더러워도, 어떤 이름을 새겨도 전혀 문제가 되지 않는다.

서재인이 당호를 지을 때 쓴 한자를 모아보면 분량이 꽤 된다. 흔하게는 亭정, 庵암, 居거, 廬려, 軒헌, 舍사, 屋옥, 處처, 臺대, 巢소, 堂당, 洞동, 龕감, 館관, 莊장, 室실, 齋재, 閣각, 樓루 등이 있다. 약간 공들이면 廊랑, 寮료, 精舍정사, 茨室자실, 窩와, 舫방, 書院서원, 山房산방, 草堂초당, 院원, 小榭소사. 이 외에도 더 있을지 모른다.

하이쿠 시인, 화가, 상인, 승려, 다인, 문인 저마다 자신이 고른 문자로 이름을 만들었기에 주인이 연상된다. 서재 분위기는 주인의 사상이며 정서가 반영된 끝에 마침내 거기에 사는 자의 토양이 된다. 사람이 서재를 만들고 동시에 서재는 사람을 만든다, 고 나는 생각한다. 공간은 어느새 주인에게 색을 입힌다. 새와 둥지처럼, 동물과 자연처럼 보호색을 이루니 묘한 일이다.

화가 하시모토 간세쓰가 어린 시절 자던 방에는 승려 자쿠곤이 글씨를 쓴 병풍이 늘 놓여 있었단다. 그걸 잠들 때마다 바라보던 감정이 어른이 된 후에도 강한 힘이 되었기에 지금도 자쿠곤 서예를 본보기 삼는다는 글을 읽었는데, 나도 비슷한 추억이 있다.

어린 시절 자던 방 창가에는 쓰바키 진잔이 그린 「명화 십우도」가, 마루에는 아버지가 좋아하던 후지타 도코와 요사 부손의 하이쿠가 적힌 서화가 번갈아 가며 걸렸다. 졸음이 쏟아지는 눈으로 밤마다 바라보며 잠이 들었다. 이윽고 화가가 되고 싶단 꿈을 꾸었다. 열네댓 살에서 스무 살이 될 때까지 마음은 바뀌지 않았다. 감화란 참으로 무시무시하다. 그런 까닭에 개성이 완성된 중년 이후에도 서재는 눈에 보이지 않게 제 품에 안긴 주인을 채색하거나 감화시킬 게 틀림없다. 신념이든 목표든 심경이든 뭐가 됐든 서재 이름을 빌려 잡도리하는 일은 결코 무의미하지 않다는 말이다.

한때 서양식 서재가 신선해서 벽지나 융단 디자인에 신경 쓴 적 있지만, 아무래도 정신적인 수양 장소로는 맞지 않았다. 남이 쓴 글을 읽을 때는 괜찮아도 내 글을 낳을 때는 왠지 불안했다. 취향과 일이 극단에서 극단으로 달랐다. 고독을 원한 탓인지 있을 곳에 있단 느낌이 들지 않았다.

나뿐만이 아니라 만년에 접어들면 문학가 대부분이 서재는 역시 동양식이지, 하며 원래대로 돌아가는 것 같다. 요사노 아키코는 생활이며 서재를 서양식으로 꽤 빨리 바꾼 편이라 시 모임마저 호텔에서 열어왔는데, 요즘 들어 빛 잘 드는 장지문 달린 방이 아니면 마음에서 우러난 시다운 시를 지을 수 없다고 말한다.

물론 글쓰기를 업으로 삼은 자가 고독만을 사랑하며 포근한 창호지에만 빠져 살 순 없는 노릇이라, 분주하게 변해

가는 근대 문화 속으로도 기꺼이 뛰어든다. 그러고는 서재에 돌아오면 조금 전 본 긴자 거리 불빛과는 완전히 다른 풍경을 마주한다. 서양과 동양만큼 다르달까. 지독한 모순임에도 나는 극과 극을 오가며 살아간다. 수양하다 보면 뜻밖에 양쪽 가치를 발견하기도 한다. 그중에서도 혼자 있는 서재는 더없이 소중한 존재다.

2장、 서재에서 딴짓하기。

실내 여행

이쿠타 슌게쓰生田春月

1892년 돗토리현 출생. 1903년 집안 대대로 이어오던 양조장이 망하면서 가족과 함께 여러 지방을 떠돌아다니다가 1908년 열여섯 살에 혼자 도쿄로 올라왔다. 같은 고향 출신이자 저명한 문학평론가였던 이쿠타 초코의 문하생으로 들어가 습작을 거듭하는 한편 독일어를 독학했다. 1917년 첫 시집 『영혼의 가을』, 이듬해 『감상의 봄』을 출간하며 시인으로서 이름을 알렸고, 1919년 괴테 시집을 시작으로 10년간 하이네 시집 번역에 힘썼다. 시와 수필과 소설을 넘나들며 명성을 쌓아가던 중 타고난 우울한 성격 탓인지 1930년 5월 19일 서른여덟 살에 세토내해를 항해하는 배에서 투신자살했다.
「실내 여행」은 1919년 7월 출간된 『한구석의 행복』에 실린 글이다.

그자비에 드 메스트르가 쓴 『내 방 여행하는 법』은 내 애독서 중 하나다. 가끔 이 작은 책자를 꺼내 들고 그날그날 기분 내키는 대로 여기저기 골라 읽는다. 나 역시 실내 여행자다.

애당초 나만큼 여행을 좋아하는 사람도 없지만, 나만큼 여행을 안 가는 사람도 없다. 이건 내가 그저 밖에 나가길 꺼리기 때문만은 아니다. 여행은 하고 싶다, 하지만 불쾌한 여행은 하고 싶지 않다. 오늘날 여행은 불쾌감이 따라오기 십상이다. 아름다운 자연은 곳곳에서 우리를 포용해준다. 다만 아무리 기분 좋은 들판이라 해도 그냥 그대로 노숙할 수는 없는 노릇이다.

여행자가 묵을 데는 여관밖에 없다. 여관은 인간이 경영한다. 여행자가 한 사람의 인격으로 인정받기 어려운 곳이다. 돈이 모든 것의 기준이자 척도다. 여관 지배인은 한눈에 손님의 주머니 사정을 꿰뚫어 본다. 나 같은 가난한 문학자가 여관에서 환대받지 못하는 현실은 새삼스러운 일이 아니다. 도시 사람이 별로 가지 않는 인심 후한 고장이라면 또 모를까. 여하튼 돈으로 내 가치를 매기는 게 불쾌하다. 게다가 병적으로 예민한 신경과 지극히 내성적인 성격은 숱한 고초와 풍파를 겪으며 어른이 됐는데도 여전해서 나를 항상 조심스럽고 소극적이며 숫기 없는 사람으로 만든다. 하여 저절로 집에만 틀어박혀 지내는 신세다.

돌이켜보면 나는 소년 시절부터 얼마나 문턱 높은 세상을 살아왔던가. 이 세상이 너무 화려한 나머지 거북해 방 한구석에 가만히 숨어 지내오지 않았는가. 쾌활하고 세상 물정 밝은 사람들을 얼마나 눈부시게 바라봤던가. 열세 살 때 집이 쫄딱 망해버린 이후 응달에 난 풀처럼 주눅 들고 바싹 말라 삐악삐악하며 자라온 환경 탓도 있겠지만, 역시 타고난 성격이지 싶다.

라프카디오 헌(고이즈미 야쿠모)*은 꽤 이런저런 고생을 겪었음에도 평생 세상을 낯설어했다고 한다. 그토록 아이 같은 마음으로 인생을 마주 대한 사람이니 분명 그랬으리라. 어쩐지 나도 비슷한 체질인 것 같다. 한때는 미친 게 아닐까, 극단적인 신경쇠약일까 아니면 일종의 광기는 아니겠지, 의심한 적이 있을 정도다. 그런 까닭에 유쾌하게 여행할 수 있을 리 없다. 하여 나는 그자비에 드 메스트르처럼 실내 여행자가 된다.

* 라프카디오 헌(Lafcadio Hearn 1850~1904) 아일랜드계 영국인으로 어린 시절 왼쪽 눈을 실명하는 등 고생하다가 1890년 잡지 특파원으로 일본에 온 뒤 귀화, 일본 문화와 문학을 서구에 소개했다.

요즘 명성 높은 한 청년 작가는 서재에 톨스토이, 도스토옙스키, 스트린드베리 같은 문호의 초상을 걸어두고 이리저리 순례한단다. 또 다른 실내 여행이다. 반면 나의 실내 여행은 주로 독서와 공상과 회상으로 이루어진다.

예전에는 일본 지도를 펼쳐놓고 홋카이도 끝에서 타이완 끝까지 구석구석 들여다보며 갖가지 역사 사실과 풍토 특징을 생각하고 그 공기를 상상하느라 시간 가는 줄 몰랐다. 이 공상 여행을 한껏 즐기려고 여행안내서까지 읽어댔다. 입에 풀칠이나 하려고 어쩔 수 없이 다녔던 출판사에서 여행안내서 편집을 맡기도 했는데, 평소 여행 한 번 가지 않는 사람이 여행안내서를 만들다니, 참으로 웃기는 이야기다. 아무튼 세상일이란 그런 법이다. 뭐, 시시한 일일지라도 내게는 즐거움이었다.

하염없이 독서에 빠져 지내던 시기는 꽤 오래 이어졌다. 당시 나는 독서가 동족인 친구에게 보내는 편지에 이렇게 썼다. "독서는 또 다른 경험이다. 새 책 한 권은 하나의 새로운 세계다." 시인이나 문학자라면 그다지 드문 일도 색다른 일도 아니지만, 나는 어린 시절부터 다른 무엇보다 책이 좋았다. 중간방 찬장을 살짝 열어 작은 고리짝에 가득 담긴 5전짜리 동전 한 닢을 몰래 꺼내 들고(신이시여, 이 열한 살 소년의 죄를 용서하소서) 이와야 사자나미의 전래 동화책을 사러 책방으로 달려갔을 때부터, 여름밤 아카몬 거리나 히로코지 거리를 산책하고 돌아오는 길 난잔도서점(난코도서점은 이미 문을 닫을 시간이라)에 들러 레클람문고*를 두세 권 사며 즐거워하던 스물한두 살 무렵부터, 독서에 질려 얄팍한 지갑을 탈탈 털어 보티첼리며 로세티며 번 존스 화집을 사들이는 오늘에 이르기까지 책은 언제나 유일한 위안이었다.

나는 가장 친한 친구와 이야기를 나눌 때조차 종종 어색한 기분을 느낀다. 책과는 그럴 일이 없다. 싫증 나면 언제든 덮어버리면 그만이다. 여기에다 책을 향한 기나긴 찬미를 늘어놓고 싶을 정도다. 동시에 결국 책도 사람을 지치게 한다는 사실을 안다. 너무 많이 책을 읽으면 구약성서에 나오듯 몸이 피곤하다.** 그보다 더 나쁜 건 독창성을 상실하는 결말이다.

하여 아무 일도 하지 않고 멍하니 무익한 공상과 회상에 잠기는 시간이 잦다. 어차피 실현될 리 없는 일을 뭐 하러

---

* 세계적으로 유명한 독일의 문고본으로 문학, 철학, 자연과학 등 폭넓은 장르와 노란색 표지가 특징이다.
** "책은 아무리 읽어도 끝이 없고 공부만 하는 것은 몸을 피곤하게 한다"로 『전도서』에 나온다.

공상하느냐는 현실적 목소리에 흥이 깨질 때도 있지만, 실제로 이룰 수 없기에 공상으로라도 즐긴다고 용감하게 저항하며 공상 조각 쌓기를 지겨운 줄도 모르고 기쁜 맘으로 되풀이한다. 내 경우, 공상은 주로 회상 위에서 이루어진다. 즉 내 생애를 고쳐 쓰고 내 과거를 고쳐 쌓는다. 예전에 해야 했음에도 하지 않은 일을 하고, 잘했어야 함에도 잘못한 일을 다시 잘해본다. 그 틈틈이 한결같이 여행하고 싶다, 여행하고 싶다, 중얼거리면서 책상 앞에 멀거니 앉아 잎담배를 피우고 차를 마시며 하루를 보낸다.

내가 태어나 한 번도 여행해본 적 없는 인간이라고 생각한다면 오산이다. 다야마 가타이처럼 여행가로 유명한 사람은 제쳐 놓고, 보통 문학자에 비하면 여정은 그리 손색없을 정도다. 우선 돗토리현 요나고라는, 친구 말에 따르면 '노인만 있는 마을'이자 대부분 이름조차 헷갈리는(많은 사람이 요네코 또는 고메코라고 부른다) 시골구석에서 태어난 촌놈이 도쿄에 버젓이 자리 잡고 산다는 점만 봐도 꽤 오래 기차를 탔음은 금세 알아채리라. 다만 나는 기차만 타지 않았다. 유년 시절, 정처 없이 떠돌아다니며 살았다. 현해탄을 여섯 번 건넜고 세토내해를 세 번 가로질렀다. 본토 바깥 해안이나 마이즈루만 이남도 죄다 훑었다. 조선도 남쪽뿐이긴 해도 여기저기 다녔다.

그런데도 나는 아직 여행다운 여행을 한 적이 없다고 단언한다. 나의 여행은 언제나 신변의 변화가 따라왔다. 어느 지역에 번듯한 집을 두고 다른 지역으로 놀러 가는 일이 여행이라면, 내가 어느 지역을 나갈 때는 그곳을 아예 떠난다는 뜻이었다. 다시 말해 여행이 아니라 유랑이다. 방랑이다.

10년간 유랑으로 진이 다 빠졌다. 아직 어릴 적이라 마음의 피로가 더 절실히 다가왔다. 지금 20대가 되어 유년을 회상하면 모든 것이 너무 먼 옛일처럼 여겨진다. 그게 신기하고 놀랍고 애달프다. 무리도 아니다. 나의 10년은 아마 평온한 생활을 보낸 사람의 30년과 맞먹을지도 모른다. 그런 까닭에 유년 시절이 유달리 예스럽게 느껴지고 즐거이 회상에 빠져든다.

이제 실내 여행은 잔뜩 했으니, 열심히 일을 해야 할 시간이다! 몽상보다는 노동이다. 과거를 정정하는 일은 미래에서만 가능하다.

" 여행하고 싶다, 중얼거리면서

책상 앞에 멀거니 앉아

잎담배를 피우고 차를 마시며

하루를 보낸다. "

이쿠타 슌게쓰

서재 망상

요시카와 에이지吉川英治

요시카와 에이지는 어린 시절부터 문학적 소질이 뛰어났음에도 가정 형편이
어려워 학교를 그만두고 일찍 직업 전선에 뛰어들어야 했다. 그러다 1926년
『나루토비첩』으로 거액의 인세를 받으며 가난에서 벗어났다. 이후 셋집을 전
전하다가 1944년 도쿄 교외 오우메시에 새집을 짓고 '소시도草思堂'라 이름
붙였다. 별채에 꾸민 서재에는 『미야모토 무사시』나 『삼국지』 같은 대하소설
을 집필하는 데 필요한 고전, 역사서, 지도첩 등이 가득했다.
「서재 망상」은 1953년 12월 출간된 『그때그때 생각』에 실린 글이다.

나는 늘 생각한다. 책상 밑에 날 놀리려고 엉뚱한 장난을 치며 즐거워하는 난쟁이 마법사가 한 명 살고 있을지도 모른다고. 아무튼 끊임없이 물건이 없어진다.

방금까지 옆에 놓였던 빨간 색연필, 책갈피에 끼워둔 메모지, 일에 필요한 명함, 파이프, 가위, 답장해야 할 우편물, 교정할 원고 등등. 뭐가 됐든 책상 위에서 자꾸만 사라져버린다. 그때마다 "어이" 하며 가족을 불러 집이 떠나가라 시끌벅적하게 찾아보지만, 좀처럼 나타나지 않아 애를 먹는다. 자칫 나중에 잡서 더미 사이에서 뜬금없이 나오기라도 하면 참으로 멋쩍기 그지없다. 멋쩍음을 숨긴 채 지나가는 말로 "요전번에 찾았던 거, 있었어"라고 알릴 때마다 "거, 보세요" 하고 가족들은 한껏 우쭐거린다. 돈 한 푼 안 들이고 가족의 긍지를 높이고, 드물게 내가 기죽는 사건이니 오히려 좋은 일이려나.

가장 곤란할 건 책이 사라지는 경우다. 책은 건드리지 말라고 신신당부하기에 누가 서재를 청소하든 책상이나 책장에 놓인 책만은 다 언제나 원형 그대로다. 따라서 아무리 찾아도 보이지 않는다면 그 누구의 탓도 아니다. 마치 영화 「라임 라이트」에서 찰리 채플린이 펼치는 벼룩 서커스 같은 장면을 나 홀로 연기하는 처지랄까.

정말이지 감쪽같이 종적을 감추는 일이 꽤 잦아서 난처하기 짝이 없다. 대체로 참고 도서가 자주 사라지는데, 원고지를 앞에 두고 인명이나 계보나 날짜 따위를 대조하며 정신없이 글을 써 내려갈 때 특히 그렇다. 그 순간 속절없이 피로가 몰려오면서 머릿속에 떠오른 문장이나 상상이 툭 끊어지곤 한다.

요컨대 내 책상 주변은 무질서한 광장인 것 같다. 난쟁이 마법사가 살기에 더없이 좋은 곳이다. 다만 난쟁이 마법사가 어떤 분장을 하고 어떤 익살맞은 얼굴을 한 장난꾸러기인지는 지금껏 본 적이 없다.

한번은 글을 쓰느라고 며칠 밤을 꼬박 새웠다. '전기 절약'으로 떠들썩하던 때다. 철야 작업용 스탠드 하나라도 벌벌 떨며 켰기에 화장실 전등 스위치 내리는 일을 깜빡하지 않도록 온 가족을 일일이 잡도리했다. 그런데 새벽에 화장실에 가보니 이미 누군가 불을 켜놓은 상태였다. 아내를 부르고 아이들을 불러 누구냐며 나무랐다. 아무도 자신이 범인이라 밝히고 나서지 않았다. 사소한 일이지만 깨끗이 잘못을 인정하지 않으니 괜히 기분이 언짢았다.

다음 날 밤, "잠깐 와보세요" 하고 아내가 불렀다. "무슨 일인데?"라고 물으니 "당신이야말로 화장실 전등을 켜놓은

채 그냥 나오면 어떡해요" 한다. "뭔 소리야, 그럴 리……" 중
얼거리며 가봤다. 방금 내가 나온 화장실에 전등이, 어찌 된
영문인지 켜져 있는 게 아닌가. 어, 이상한데. 곰곰이 생각
해보니 화장실에 들어갈 때 불을 켜지 않고 들어갔던 모양
이다. 그리고 나올 때 실수로 스위치를 눌렀나 보다.

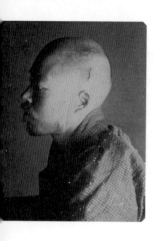

램프 그림자

마사오카 시키正岡子規

1867년 에히메현 출생. 1890년 도쿄대 철학과에 진학하지만 이듬해 국문과로 전과해 하이쿠와 계절어 분류 작업에 몰두했다. 1892년 어머니와 여동생을 도쿄로 불러 함께 사는 한편 니혼신문사에 입사해 하이쿠 시평을 담당했다. 이듬해 대학을 그만두고 하이쿠 창작에 전념하며 나쓰메 소세키, 다카하마 교시 등과 동인 활동을 이어갔다. 1896년 결핵균이 척추로 옮아 걷지 못하자 병상에서만 지냈다. 모르핀 없이는 참기 어려운 고통에 시달리면서도 삶에 대한 열정을 담아 글을 쓰다가 1902년 9월 19일 서른다섯 살의 나이로 세상을 떠났다.

「램프 그림자」는 1900년 1월 잡지 『두견』에 실린 글이다.

병상에 반듯이 누워 한갓되이 천장을 노려보고 있자니 천장 널빤지 나뭇결이 사람 얼굴로 보인다. 옹이구멍 하나가 눈처럼 보이고 그 주변 나뭇결이 신기하게 얼굴 윤곽을 이룬다. 그 얼굴이 내내 눈에 띄어 신경을 거스르기에 오른쪽을 향해 모로 눕자 이번에는 맹장지에 그려진 구름무늬가 코가 큰 괴물 얼굴로 보인다. 자못 정신이 사나워 그 얼굴을 마음에서 지우니 맹장지 아래 귀퉁이에 물인지 뭔지 모를 얼룩이 다시 옆얼굴 윤곽을 띤다.

하는 수 없이 시험 삼아 왼쪽으로 돌아눕는다. 유리창 너머로 우에노 삼나무 숲이 보이고 그 수풀 사이로 맞은편 하늘이 비친다. 그 틈새 하늘이 마치 사람 얼굴 같다. 숨은그림찾기 속 숨겨진 그림처럼 옆얼굴이 살짝 거꾸로 뒤집힌 게 조금 독특하다. 다시 똑바로 눕는다. 얼굴 없는 천장 구석을 바라보는데 엄청 커다란 얼굴이 갑자기 나타난다. 어둠 속에서 귀신을 상상하며 공중누각을 쌓는 일은 늘 하는 놀이지만, 램프 불빛에 얼굴이 나타난 것은 오늘 밤이 처음이다.

연말이라 올해도 여느 때처럼 바쁘다. 아직 마감일이 열사나흘 남았음에도 독자가 신문에 투고한 신년 하이쿠를 병상에서 정리한다. 읽는다, 점수를 매긴다, 저마다 주제별로 나눠 적는다, 초고에 작대기를 긋고 건너편으로 던진다.

그다음 초고로 넘어간다. 읽는다, 점수를 매긴다, '물 축제'란 주제 아래 네댓 편을 골라 옮겨 쓰고 초고에 작대기를 그어 건너편으로 던진다. 똑같은 일을 되풀이한다.

밤은 어느새 이슥해지고 이미 주위는 고요하다. 열이 약간 나는 듯해도 매일 밤 그러하니 개의치 않고 일에 매달린다. 하지만 열이 있는 동안은 호흡이 가빠져서 일이 영 진행되지 않는다. 이불 위에 가로누워 오른쪽 팔꿈치로 바닥을 짚고 왼손에 원고지를 든다. 글 쓸 땐 원고지를 움직여 오른손에 쥔 붓끝으로 가져가는 식이라, 고작 한두 시간 만에 어깨가 아파진다. 밤새도록 일하고 나면 오른손을 펴려고 해도 잘 펴지지 않을 정도다. 오늘도 낮부터 줄곧 글을 쓰느라꽤 지친 탓에 붓을 내려놓고 오른쪽 팔꿈치를 이불 밖으로 빼서 턱을 괸 채 잠시 쉰다.

열과 피로 때문에 머리가 멍하다. 눈을 크게 뜨고 멀거니 앞을 바라본다. 유리창 너머로 내 머리맡에 놓인 램프 불빛이 비친다. 유리창과 램프 사이 거리는 2미터가량, 불빛은 일렁이며 다소 크게 보인다. 그 모습을 그냥 쳐다보는데 눈물이 흐른다. 불빛이 두 개로 보인다. 유리에 난 흠집 정도가 달라서인지 두 불빛은 따로따로 있지 않고 불규칙하게 맞닿아 있다. 아무 생각 없이 이 커다란 불빛을 보고 있자니 그

빛 속에 돌연 사람 얼굴이 나타났다.

유심히 들여다보니 서양화에 곧잘 그려진 눈이 똥그랗고 얼굴이 동글동글한 아이였다. 그러다 금세 중산모를 쓴 신사로 바뀌었다. 다만 모자 윗부분은 보이지 않는다. 목 아래도 안 보이지만, 왠지 일본식 케이프 코트를 입고 있을 것 같다. 곧이어 세 번째 얼굴이 등장했다. 여덟 살이나 아홉 살 남짓한 여자아이 얼굴로 눈을 내리깐 채 이마 위 머리에 기다란 고무 빗을 끼우며 머리칼을 살며시 누른다. 네 번째로는 귀신 얼굴이 나왔다. 이 얼굴은 요전번 교토에서 보내온 소 축제 때 쓰는 도깨비 가면을 닮았다.

하나하나 바뀌는 속도가 매우 빠르고 미처 생각지 못한 얼굴이 나타나기에 슬슬 흥이 나서 어디까지 변할지 한번 지켜보기로 했다. 흡사 서커스를 구경하는 기분이었다. 그렇게 맘먹고 나자 얼굴 바뀌는 속도가 살짝 느려졌다.

다음에는 원숭이 얼굴이 나왔다. 이어 서양 옛 학자인지 영웅인지 하는 얼굴로 바뀌었다. 그 얼굴은 약간 옆을 향한 상태로 부드러운 머리카락을 어깨까지 길게 늘어뜨렸다. 더없이 상냥한 표정이지만 그저 본 대로 느낄 뿐 누구 초상인지는 알 수 없다. 그러고는 한동안 불빛만 반짝이며 아무런 형상도 나타나지 않았다. 더한층 들여다보자 불빛 한가운데 아주 밝은 점 하나가 눈에 띄었다. 점은 차츰차츰 커지더니 마침내 왕방울 같은 눈이 되었다. 눈 형상이 허물어지고 또 한참 아무것도 나오지 않았다.

이윽고 머리를 둥글게 틀어 올린 여인이 나타났다. 여인의 귀밑머리가 양쪽으로 뻗쳐 보이는 것은 사방에서 발하는 빛줄기 탓이다. 빛줄기가 그린 귀밑머리는 희고 성기어 석고로 만든 여자인 줄 알았다. 처음에는 머리를 숙이고 눈을 감았다가 눈을 조금씩 뜨고 얼굴을 조금씩 들더니 점점 무시무시한 인상으로 변한 끝에 머리칼이 곤두선 부뚜막신이 돼버렸다.

부뚜막신이 사라지자 예수가 나왔다. 십자가 위 예수로 고개를 푹 떨군 채 눈을 감고 있다. 머리 주위에 둥근 금빛이 빛난다. 예수가 고개를 들어 눈을 뜨자 투구를 쓴 무사 얼굴로 바뀌었다. 무사 얼굴을 꼼꼼히 살펴보는 사이 투구가 아니라 입에 호흡기를 단 폐병 환자로 변했다. 그다음은 완전히 달라져 질투와 한이 가득 찬 무서운 여자 가면이 작게 보이는가 싶더니 볼이 붓고 눈을 치켜뜬 섬뜩한 나병 환자 얼굴이 나타났다. 그 생김새를 말하자면 문학자 에드워드 기번의 얼굴을 설탕 반죽으로 만든 다음 안쪽에 바람을 불어넣어 부풀린 듯했다. 금세 불빛이 세 줄기로 갈라졌다.

뭐가 더 나올까 기대하며 기다리는데, 또 예수가 나왔다. 이래서는 안 되겠다 싶어 머리를 살짝 뒤로 젖히자 시선이 바뀌면서 유리창 얼룩도 달라져 불빛이 가늘고 긴 열쇠처럼 보였다. 이번에는 분명 색다른 얼굴이 나타나겠지, 바라보는데 불빛 모양이 이상해서인지 도통 아무것도 나오지 않았다. 얼마 있다 뭔가가 조금씩 모습을 드러냈다. 점차 또렷해지자 반듯이 드러누운 사람의 옆얼굴 같다. 그래, 틀림없다. 눈은 가만히 감고 있다. 얼굴은 어쩐지 침울해서 활기라곤 없다. 아, 죽은 사람 얼굴이구나. 이쯤에서 구경을 그만두기로 했다.

도마뱀붙이

도요시마 요시오豊島与志雄

1890년 후쿠오카현 출생. 1912년 도쿄대 불문과에 입학, 1914년 아쿠타가와 류노스케, 기쿠치 간과 함께 『신사조』를 창간해 「호수와 그들」을 발표했다. 이듬해 『제국문학』에 실린 「그와 그의 숙부」로 문단에 데뷔했다. 졸업 후 몇몇 대학에서 강의를 하다가 1917년 번역한 『레 미제라블』이 베스트셀러가 되며 번역가로서 명성을 쌓았다. 1923년 중편 「해골」을 선보여 호평받았고, 호세이대학 문학부 교수로 재직하며 프랑스문학 연구를 이어갔다. 이후 소설과 수필, 희곡과 동화 등 다채로운 집필 활동을 펼치다가 1955년 6월 18일 예순다섯 살에 생을 마감했다.

「도마뱀붙이」는 1938년 5월 출간된 『묘생어록』에 실린 글이다.

2층 내 서재는 양쪽으로 유리창이 달려 있다. 밤이면 한쪽 유리창 근처에 도마뱀붙이 한 마리가 슬그머니 나타난다. 마침 얼굴 바로 앞인데, 그 유리창에서 60센티미터쯤 떨어진 곳에 책상이 놓인 탓이다. 책상 위 전기스탠드를 켜놓기 무섭게 어둠 속에서 날벌레가 빛을 쫓아 날아와서 정면 유리창에 모여든다. 그걸 잡아먹으려고 도마뱀붙이 역시 모습을 드러낸다.

10센티미터 남짓한 다 큰 도마뱀붙이다. 유리창 건너편에 멈춰 있기에 내게는 복부가 보인다. 등은 암회색 바탕에 갈색 얼룩무늬가 있을 테고, 배는 회색빛을 띤 흰색이다. 벌써 벌레 몇 마리를 먹어 치운 볼록한 배가 이따금 뿔룩거린다. 짧은 네 개 다리에 달린 작은 발가락 다섯 개를 활짝 벌려 둥글고 납작한 빨판으로 유리에 딱 달라붙은 채다.

종이칼 끝으로 이쪽 유리를 가볍게 긁거나 톡톡 쳐봐도 녀석은 꿈쩍하지 않는다. 느긋한 건지, 대담한 건지. 아마 둔감한 것이겠지. 조금 큰 나방이나 곤충이 다가오면 가만히 노려보다가 홱 달려들어 재빨리 입에 물고는 머리를 흔들며 세차게 내동댕이친다. 그러고는 유리에 부딪힌 상대가 힘이 빠지기를 기다렸다가 천천히 입속으로 집어삼킨다. 먹잇감이 넉넉해서이지 작은 벌레는 거들떠보지도 않는다. 떼론 큰 벌레가 찾아와도 잡을 맘이 없는지 몇 시간 동안 꼼짝하지 않는다.

녀석은 날에 따라 나타났다 안 나타났다 한다. 그래서 나는 자러 갈 때 그쪽 창문만 덧문을 닫지 않은 채 책상에 촛불 두 개를 켜놓는다. 밤새도록 풍족한 사냥터를 남겨두고 싶어서다. 나는 어느새 그를 사랑하게 되었다. 전기스탠드 위치를 가끔 바꾸기에 유리창에 비친 내 모습 위로 녀석 모습이 겹쳐 보일 때가 있는데, 그럴 적마다 그에게 친밀감을 느낀다.

어느 늦은 밤, 2시쯤이었던가, 거리를 걷고 있었다. 꽤 넓은 길이라 어쩐지 쓸쓸했다. 밤이 깊은 탓만은 아니었다. 낮고 작은 처마가 쭉 이어지다가 갑자기 커다란 건물이 나타났다. 2층 방 하나에서 불빛이 새어 나왔다. 건물 생김새로 보아 병원 같았다. 똑같은 모양으로 나란히 늘어선 넓고 커다란 유리창은 모두 하얀 커튼이 쳐져 있었다. 그중 단 하나 커튼을 치지 않은 환한 방이 눈에 들어왔다.

어떤 사람이 "낮에는 집이 오가는 사람을 바라보고, 밤에는 오가는 사람이 집을 들여다본다"라고 썼다. 그 때문은 아니지만 나는 이상하리만치 환한 방에 마음이 끌렸다. 멈춰 서 쳐다보니 창문 한쪽에 쓱 하고 빠르게, 아니 느리게 머리가 나오고 얼굴이 나오고 목, 어깨, 가슴…… 수건을 목에 두른 잠옷 차림 상반신이 나타났다. 앳된 젊은이로 헝클어진 장발에 홀쭉한 볼살, 잠옷 앞가슴을 풀어 헤쳤다. 그는 매서운 눈빛으로 유리창을 빤히 쏘아보다가 돌연 아래로 쑥 내려갔다. 머지않아 머리, 얼굴, 어깨, 상반신이 쓱 올라오더니 잠깐 유리창을 노려보다가 또다시 불쑥 사라졌다.

같은 장면이 몇 번이나 되풀이됐다. 마치 천천히 몸을 일으켜 창문 어딘가를 응시하다가 두려움에 떨며 몸을 웅크리는 것 같았다. 나는 넋을 잃고 한참을 바라봤다. 이제 창문에 사람 그림자가 비치지 않았다. 하얀 천장 방 안에 켜진 불빛만이 헛되이 빛났다. 아무 일도 일어나지 않으니 오히려 섬뜩한 기분이 들었다. 휑한 살풍경에 정신을 차리고 서둘러 발걸음을 떼었다.

그 남자는 무얼 하고 있었을까, 알 길이 없다. 그날 밤 이후 서재 유리창에 내 모습이 자주 비친다. 또렷이 비치는 거울 속 자신과 달리 연하고 희미하다. 게다가 새카만 공중에 떠 있는데도 명암이 뚜렷해서 입체적이다. 가까이 다가가 들여다본다. 그건 더 이상 제 모습이 아니다. 하나의 환영…… 환각이다.

호락호락 환상에 사로잡힐쏘냐? 어느 정신병원 환자는 유리창에 비친 제 모습이 무서워 거울을 꺼리고 수면을 겁내고 어둠을 두려워한 끝에 대낮에도 환영이 따라다닌다. 어떤 유명한 문학가는 자기 의자에 앉은 제 모습이 보이고, 마시려던 물을 먼저 마셔버리는 제 모습과 마주치고, 따려던 꽃을 앞서 꺾어버리는 제 모습을 발견한다.

나는 익숙해지려고 내 모습을 유리창 안으로 종종 불러냈다. 그도 모자라 병원에서 본 남자를 흉내 내어 일어났다 앉았다 하며 환영을 떨쳐내려 애썼다. 그 남자가 같은 심정으로 그랬는지, 나로서는 역시 알 도리가 없다.

책상 앞에 앉아 있다가 문득, 이미 잊어버렸다고 생각했건만, 밤이 이슥해지면 유리창 속 내 모습이 신경 쓰인다. 무심코 고개를 들자 잔뜩 먹이를 잡아먹은 도마뱀붙이가 불뚝한 배를 드러낸 채 둔감하고 느긋하고 차분하게 유리창에 달라붙어 있다. 언제까지나, 아마도 밤새도록 저러고 가만히 버티겠지. 먹잇감을 노리는 탐욕은 제 영상에 겁먹는 신경쇠약보다 자연법칙에 더 가까운 행동이다. 그런 면에서 두려움이 지혜의 시작이 아니라 익숙함이 지혜의 시작이지 않을까.

요즘은 밤마다 도마뱀붙이가 나타난다. 독신자인 나를 배려해서인지 언제나 단 한 마리뿐이다. 때문에 나는 밤새 서재 창문 하나는 덧문을 그대로 두고 가느다란 초를 켜놓는다. 그 유리창에는 자물쇠도 고리도 달려 있지 않다. 조심성이 없다고? 도마뱀붙이가 지켜주리라.

" 책 읽기도 글쓰기도 싫증 나서

이제 불 켜지는 밤인데

뭘 하겠다는 목적도 낙도 없을 때 "

종소리

나가이 가후永井荷風

나가이 가후는 서른네 살에 이혼한 이후 죽을 때까지 독신 생활을 했다. 몇 번의 이사 끝에 1920년 도쿄 아자부에 집을 짓고 페인트칠한 건물이란 뜻인 '헨키칸偏奇館'으로 부르며 1945년까지 살았다. 산책을 즐기던 그는 이 무렵 아자부를 기점으로 아카사카, 시바, 후카가와까지 발길을 옮기며 오래된 절을 둘러보고 주변 풍경을 그림으로 그렸다. 또 피상적인 근대화에 반발해 에도 문화를 찬미하고 옛 정서에 관심을 보이며 문명 비판적인 글을 발표했다. 「종소리」는 1936년 3월에 쓴 글이다.

산 지 오래된 아자부 집 2층에는 가끔가다 종소리가 들린다. 종소리는 너무 멀지도 가깝지도 않다. 때문에 뭔가 생각을 할 때조차 정신 사나울 일이 없다. 그대로 생각에 잠겨 조용히 들을 만한 음색이다. 또 일에 지쳐 아무 생각 없이 멍하니 있을 때는 그 덕에 더 멍하니, 꿈이라도 꾸는 듯한 기분이 든다. 서양 시에서 말하는 요람의 노래처럼 마음 편한 부드러운 소리다.

종소리가 울려오는 방향으로 보아 '시바의 종'인 것 같다. 시바의 종은 옛날에는 조죠지 절로 올라가는 기리도시 언덕 길에 있던 모양인데, 이제 그 자리에 없다. 지금 종은 조죠지 절 안 어디쯤에서 치는 걸까. 자세히는 잘 모르겠다.

나는 이 집에서 벌써 20년 가까이 살고 있다. 처음 이사 왔을 무렵, 근처 절벽 아래에 초가집이 더러 남아 대낮에도 닭이 울어댔던 터라 종소리는 지금보단 더 자주 들려왔을 게다. 하지만 아무리 돌이켜봐도 당시 종소리에 귀를 기울인 채 생각에 잠겼던 기억이 없다. 10년 전에는 종소리에 귀를 기울일 만큼 늙지 않아서였을까.

여하튼 지진이 난 뒤 언제부터인가 종소리가 옛날에는 느낀 적 없는 울림을 들려준다. 어제 들은 것처럼 오늘 또 듣고 싶네, 은근히 기대하며 기다릴 때조차 있다. 종은 밤낮을 가리지 않고 때가 되면 울리기 마련인데 차 소리, 바람 소리, 사람 소리, 라디오, 비행기, 축음기 등 온갖 소음에 가로막혀 좀처럼 내 귀에 닿지 않는다.

우리 집은 절벽 위에 서 있다. 뒤쪽 창문으로 서북쪽 산노 마을과 히카와 숲이 보인다. 겨울에 서북쪽 후지산에서 세찬 바람이 불어오면 절벽 대숲이나 마당 나무가 요란스레 떠들어댄다. 산바람은 때론 창뿐만 아니라 집을 흔들기도 한다. 계절과 함께 바람 방향도 바뀌어 봄에서 여름이 되면 근처 집들 문과 창문이 활짝 열리고, 동남쪽에서 불어오는 바람에 실려 사방에서 울려 퍼지는 라디오 소리가 이른 아침부터 밤늦게까지 집을 에워싼다. 그 탓인지 한동안 종소리를 까맣게 잊고 있다가 어느 날 갑자기 울려서 나를 놀라게 한다.

긴 세월 동안 가장 기뻤던 종소리는 언제일까. 이삼일 내내 날뛰던 초겨울 찬 바람이 짧은 겨울 해가 허겁지겁 저물어 가는 동시에 뚝 그치며 겨울밤이 한층 추워지고 한층 조용해지는가 싶을 즈음, 방금 켠 전등 아래서 홀로 저녁밥을 먹으려 젓가락을 들어 올리는 순간 댕 하고 첫 울림이 또렷이 귓가에 들려올 때다. 깜짝 놀라 젓가락을 쥔 채 엉겁결에 소리가 나는 쪽을 돌아보면 그윽하게 신비한 밤하늘에 저녁

샛별이 달랑 혼자 외로이 떠 있다. 때론 메마른 나뭇가지 끝에 걸린 초승달을 보기도 한다.

이윽고 눈에 띄게 해가 길어졌음을 느끼는 저물녘. 낮은 이미 지나갔지만 아직 밤은 찾아오지 않고 책 읽기도 글쓰기도 싫증 나서 이제 불 켜지는 밤인데 뭘 하겠다는 목적도 낙도 없을 때, 문득 들려오는 종소리는 턱을 괴려고 책상에 댄 팔꿈치가 저리는 줄도 모를 만큼 부질없는 옛 추억 속으로 사람을 끌어들인다. 그럴 때면 세상을 떠난 친구의 유작을 허둥지둥 꺼내 밤이 이슥하도록 정신없이 읽어 내려간다.

우거진 어린잎에 마당뿐만 아니라 창문마저 어스레하고 때마침 이슬비가 잎사귀에 소리 없이 방울져 떨어지는 오후. 평소보다 더욱더 멀고 부드럽게 울려오는 종소리는 스즈키 하루노부의 오랜 판화 속 색과 선에서 느껴지는 피로와 권태를 연상시킨다. 반대로 가을 끝자락 밤마다 거세지는 서풍에 띄엄띄엄 들려오는 종소리는 굴원의 『초사』에 비유하고 싶다.

1932년 여름 이후 세상이 크게 바뀜에 따라 종소리는 내게 메이지시대*에 느낀 적 없는 울림을 던진다. 종소리는 인

* 중앙집권적인 근대국가를 목표로 근대화의 길로 들어선 1867년부터 1912년까지를 말한다.

내와 각오란 진리를 가르치는 고요한 속삭임이다.

사이교든 바쇼든, 피에르 로티든 라프카디오 헌이든 저마다 생애 어느 시절에 이 울림, 이 목소리, 이 속삭임에 마음을 가라앉히고 귀를 깊이 기울였다. 그러나 역사는 아직 어떤 전기에도 귓가에 은은히 들려오던 종소리가 그들에게 있는 힘껏 싸울 용기를 북돋아준 이야기를 말하지 않는다. 세상을 바꾸는 신비한 힘은 천재지변의 힘보다 뛰어나다. 불교 형식과 승려 생활 역시 변했기에 바쇼나 헌 같은 사람이 절에서 종소리를 들었을 때와는 다르다. 승려가 한밤중 일어나 종을 치는 습관조차 언제까지 옛날 그대로 이어질지 모를 일이다.

이따금 종소리가 귓가를 스칠 때마다 나는 아무 이유 없이 옛사람과 같은 마음으로 종소리를 듣는 마지막 사람이 아닐까, 불안해서 견딜 수 없다.

나가이 가후가 손수 그린 아자부 집 주변 전경.

나태라는 가루타

다자이 오사무太宰治

1909년 아오모리현 출생. 1930년 도쿄대 불문과에 입학, 공산주의 운동에
몰두하다가 작가가 되기로 결심하고 소설가 이부세 마스지 문하에 들어갔다.
1935년 『문예』에 실린 「역행」으로 문단의 총아로 떠올랐고, 복막염 치료를
받다 약물 중독에 빠지는 등 시련을 겪으면서도 1936년 첫 단편집 『만년』을
출간했다. 1938년 이부세 마스지의 권유로 고후에서 창작 활동에 매진하던
중 1939년 결혼해 안정을 찾고 많은 작품을 썼다. 1947년 전후 일본 사회의
혼란을 반영한 『사양』으로 인기 작가가 됐지만, 1948년 5월 『인간 실격』을
완성한 뒤 6월 13일 서른아홉 살에 투신자살했다.
「나태라는 가루타」는 1939년 4월 잡지 『문예』에 실린 글이다.

나의 수많은 악덕 가운데 가장 큰 악덕은 나태다. 그야말로 의심할 여지가 없다. 상당한 수준이다. 적어도 나태만큼은 전문가다. 아무리 나라도 자랑하는 것은 아니다. 정말이지 스스로도 기가 막힌다. 나의 최대 흠이다. 분명 부끄러운 단점이다.

나태만큼 이리저리 핑계를 댈 만한 악덕도 드물다. 잠룡. 생각 중. 대낮에도 불이 켜 있는 등처럼 얼빠진 녀석. 벽을 마주 대하고 좌선한 지 9년. 더욱더 생각을 가다듬고 초안을 잡는다. 가만히 숨을 죽이고 때를 기다린다. 현자가 바야흐로 움직이면 그제야 어리석은 티를 벗는 법. 숙고. 결벽. 골똘하는 성격. 나의 괴로움을 모르겠나. 초탈. 무욕. 좋은 때를 만나면? 침묵은 금. 시끄러운 세상사. 모퉁이의 머릿돌. 아직 무르익지 않는 시기. 모난 돌이 정 맞는다. 누워 있으면 넘어질 일 없다. 완전무결. 덕이 있으면 저절로 길이 난다. 절망. 돼지에 진주 목걸이. 하루아침에 급해지면. 입에 올리지 않는 나라. 어리석어서. 대기만성. 자긍과 자애. 마지막에 복이 온다. 왜 나라고 생각이 없겠는가. 사후의 명성. 즉 고급인 거지. 큰 배는 깊은 물이 필요해. 주경야독. 삼고초려. 갈매기는 벙어리 새입니다. 하늘을 상대하라. 앙드레 지드는 부자겠지?

모두 게으름뱅이가 발뺌하는 말이다. 나는 사실 부끄럽다. 고뇌고 나발이고 다 없다. 왜 안 쓰는데? 실은 몸이 좀 안 좋아서, 라고 궁지에 몰려 눈을 내리뜨고 가련하게 고백하곤 해도 하루에 골든 배트 담배를 쉰 개비 이상 피우고 술은 마셨다 하면 보통 한 되 정돈 거뜬해서 입가심으로 오차즈케*를 세 공기나 먹어치우는 병자가 어디 있겠나. 요컨대 게으른 인간이다. 언제까지고 이래서는 도저히 가망이 없다. 이렇게 결론지으면 괴롭지만 더는 자신의 응석을 받아줘서는 안 된다.

괴로움이니 고매니 순결이니 순수니, 이제 그런 말은 듣고 싶지 않다. 써라. 만담이든 짤막한 이야기든 상관없다. 쓰지 않는 까닭은 어김없이 나태해서다. 어리석고 어리석은 맹신이다. 사람은 자기 깜냥 이상 일도 못 하고, 자기 깜냥 이하 일도 못 한다. 노동하지 않는 자에게는 권리가 없다. 인간 실격, 당연한 일이다.

그렇게 생각하며 찌푸린 얼굴로 책상 앞에 앉지만 막상 아무것도 안 한다. 턱을 괴고 멍하니 있을 뿐이다. 별로 심오한 생각을 하지도 않는다. 게으름뱅이의 공상만큼 우스꽝

* 밥에 뜨거운 물이나 차를 붓고 장아찌나 생선 등을 올려 먹는 음식.

스럽고 터무니없는 것은 없다. 발 없는 말이 천 리 간다지만, 게으름뱅이의 공상도 졸졸 끝없이 흐르며 달려간다.

뭘 생각하고 있는가. 이 남자는, 지금 여행을 생각하고 있다. 기차 여행은 지루하다. 비행기가 좋다. 엄청나게 흔들리려나? 비행기 안에서 담배 피울 수 있나? 골프 바지를 입고 포도를 먹으며 비행기에 타고 있으면 멋져 보이겠지? 근데 포도는 씨를 뱉어야 하는 걸까, 씨까지 통째 삼켜야 하는 걸까? 포도를 바르게 먹는 법을 알고 싶다. 이런저런 생각이 이상해서 통 종잡을 수 없다.

허겁지겁 드르르 책상 서랍을 연다. 뒤죽박죽 서랍 안을 휘젓더니 귀이개 하나를 느릿느릿 꺼내 얼굴을 요란스레 찡그리며 귀 청소를 한다. 대나무 귀이개 한쪽에는 탐스러운 하얀 토끼털이 달려 있다. 남자는 그 털로 자기 귓속을 간질이며 눈을 가늘게 뜨고 흐뭇한 미소를 짓는다. 귀 청소가 끝난다. 별일 아니다. 다시 책상 서랍을 뒤적뒤적 헤집는다. 감기 막이용 검은 마스크를 찾아낸다. 그 녀석을 재빨리 얼굴에 휙 쓰더니 매섭게 눈썹을 치켜들고 눈을 부리부리 반짝이며 좌우를 둘러본다. 별것 없다. 마스크를 벗어 서랍에 넣고 서랍을 꽉 닫는다. 다시 손으로 턱을 괸다.

옥수수는 품위 없는 음식이다. 옥수수를 제대로 먹는 방

법은 어떤 걸까. 옥수수 한 자루를 뜯어 먹는 모습은 마치 하모니카를 열심히 부는 것 같다, 문득 어처구니없는 생각을 한다. 아무리 지독한 허무에도 끝까지 따라다니는 것은 음식인 듯하다.

이 남자는 맛을 모른다. 맛보다 먹는 방법이 중요한 모양이다. 먹기 성가신 음식은 거들떠보지도 않는다. 꽁치는 먹어보면 맛있을지 모르는데 이 남자는 질색한다. 가시가 있어서다. 대체로 고기와 생선을 싫어한다. 맛 때문이 아니라 가시 바르기가 귀찮은 탓이다. 아주 비싼 생선인 은어 소금구이조차 전혀 기뻐하지 않는다. 예의상 젓가락으로 몇 번 콕콕 찔러볼 뿐 그 뒤론 쳐다도 안 본다. 달걀말이를 좋아한다. 가시가 없어서. 두부를 좋아한다. 역시 먹는 데 품이 전혀 들지 않아서. 음료를 좋아한다. 우유, 수프, 갈탕. 맛있다 맛없다가 아니다. 그저 섭취하기 쉽기 때문이다.

그러고 보니 아무래도 더위와 추위도 모르는 것 같다. 여름, 아무리 더위도 부채 따윈 쓰지 않는다. 귀찮아서다. 누가 오늘은 무척 덥네요, 부채를 내밀면 아, 그런가, 오늘은 더운가, 하고 비로소 알아챈다. 황급히 부채를 받아 들고 시원스레 바람을 부쳐 머리털을 부스스 날려보지만 금세 질려서 손을 멈추고 멍하니 무릎 위에서 부채를 만지작거린다. 추위도 모르는 게 아닐까. 누군가 다른 사람이 화로에 숯을 넣어주지 않으면 온종일 불기 없는 화로를 끌어안고 꼼짝하지 않는다. 움직이는 법이 없다. 남이 알려주기 전까지 늦가을, 초겨울, 혹한을 태연한 얼굴을 한 채 여름용 흰 셔츠를 별말 없이 입는다.

나는 팔을 쭉 뻗어 책상 옆 책장에서 어느 일본 작가의 단편집을 꺼내고는 입을 꾹 다물었다. 뭔가 현미경으로 연구라도 시작하는 것처럼 위엄스레 점잔 빼며 책갈피를 한 장 한 장 천천히 넘긴다. 작가는 지금 거장으로 불린다. 이상한 문장이지만 읽기 쉽기에 마음이 울적할 때면 끄집어내어 읽는다. 좋아하나 보다. 그럴싸한 얼굴로 읽어가다 돌연 껄껄 웃어댄다. 이 남자의 웃음소리는 특색 있다. 말 울음소리와 비슷하다.

남자는 기가 막혔다. 작가 자신이라 생각되는 주인공이 자못 분별 있는 체 보자기를 들고 호숫가 별장에서 마을로 저녁 반찬을 사러 가는 대목이 적혀 있는데, 정말이지 주인공의 들뜬 모습이 한심해 웃음이 터지고 말았다. 나잇살이나 먹은 어엿한 대장부가 아내가 시킨다고 보자기를 들고 부리나케 마을로 파를 사러 가다니 너무 심했다. 게으름뱅이가 틀림없다. 이런 생활은 안 된다. 아무것도 안 하고 어정버

정하니까 아내가 보다 못해 저녁거리를 사 오라고 부탁한다. 흔한 일이다. 아내의 부탁에 응, 파 5전어치 말이지, 라고 고개를 끄덕인다. 바보 같은 녀석, 허리띠를 졸라매고 자신이 뭔가 조금이나마 도움 되는 게 기뻐서 어깨춤을 추며 보자기를 들고 밖으로 나간다. 한심하다 한심해. 눈썹이 굵고 면도 자국이 퍼런 번듯한 남자가 아닌가. 나는 다소 당황해서 책을 덮고 살며시 책장에 도로 꽂는다. 그러고는 또 아무것도 안 한다. 턱을 괸 채 멍청히 있을 뿐이다.

게으름뱅이를 육지 동물에 비유하면 늙고 병든 개이지 싶다. 체면 불고하고 네 다리를 내놓고 발그스름한 배를 벌름거리며 양달에서 온종일 꼼짝하지 않는다. 사람이 옆을 지나가도 짖기는커녕 실눈을 뜨고는 멍하니 바라보다가 다시금 눈을 감는다. 보기 흉하다. 추접스럽다. 바다 동물로 치면 해삼이려나. 해삼은 참을 수 없다. 징그럽다. 불가사리려나. 바위에 찰싹 달라붙어 가끔 손가락을 스르르 움직일 뿐 불가사리는 아무것도 생각하지 않는다. 아, 못 참겠다, 못 참겠어. 나는 기운차게 일어선다.

놀라지 마시길. 변소에 갔다 온 참이다. 기대에 어긋나는 일은 세상에 수두룩하다. 선 채 잠시 고민하다가 어슬렁어슬렁 옆방으로 향한다.

"이봐, 뭐 할 일 없어?"

집사람이 바느질을 하고 있다.

"네, 있어요."

얼굴도 들지 않고 대꾸한다.

"이 인두 좀 달궈주세요."

"어, 그래."

인두를 들고 커다란 남자가 다시 책상 앞에 앉는다. 옆에 있는 화로 속 잿더미에 인두를 쿡 찔러 넣고는 뭔가 큰일이라도 해치운 양 차분하게 담배를 피운다. 이래서는 보자기들고 파를 사러 가는 모습과 별반 다를 바 없다. 더 나쁘다.

아주 진절머리가 나고 밉고 자신을 죽이고 싶어져서 에잇! 자포자기 심정으로 쓴 글자가 웬걸, 나태라는 가루타*. 띄엄띄엄 생각하고 또 생각하며 써 나갈 작정인가 보다.

* 시가 적힌 카드를 늘어놓고 시의 첫구절을 읽으면 다음 구절을 찾아 없애는 놀이로, 포르투갈어 'carta'에서 따왔다.

" 늘 어두운 길을 걷고 있다.
그 길은 아쿠타가와 서재로
통하는 길이다. "

푸른 융단

사카구치 안고坂口安吾

사카구치 안고는 대학을 졸업하고 나서 프랑스 어학교에서 만난 구즈마키 요시토시, 나가시마 아쓰무 등과 함께 1930년 동인지 『언어』를 펴냈다. 이듬해 1월 첫 소설 「겨울바람 부는 술 창고에서」를 제2호에 실어 호평받았고, 6월 이름을 『청마』로 바꾸고 「바람 박사」를 발표했다. 이후 꾸준히 작품을 선보이며 신진 작가로 인정받던 중 1934년 나가시마 아쓰무의 자살 소식에 충격받아 잠시 펜을 내려놓고 방황했다. 몇 년 뒤 다시 창작 활동에 매진했지만, 1946년 『타락론』이 나올 때까지 별다른 주목을 받지 못했다.
「푸른 융단」은 1955년 4월 잡지 『중앙공론』에 실린 글이다.

젊은 시절 『언어』에 이어 『청마』란 동인지를 펴낼 때 편집 작업에 몰두한 곳은 아쿠타가와 류노스케의 서재였다. 동인이던 구즈마키 요시토시가 아쿠타가와의 조카였다. 그는 20대 초반 어린 나이에도 아쿠타가와 사후 원고 정리, 전집 출간을 도맡아 처리하는 데다 동인지 출판에 대해서도 우리가 모르는 일을 잘 알았기 때문이다. 아쿠타가와가 세상을 등진 지 3년째 되던 해였다.

아쿠타가와 저택은 내가 아는 문인 집 가운데 제일 좋았지만, 중산층 가정 이상은 아니었다. 일본식으로 지어진 아담한 주택으로 유독 돈 들인 구석도 없고 딱히 공들여 만든 티도 나지 않았다. 내가 아는 공간은 2층 방 두 개, 별채에 있는 두 칸짜리 서재와 객실 그리고 정원뿐, 가족이 쓰던 거실은 모른다. 햇볕이 잘 들었는데도 왠지 을씨년스러워서 '죽음의 집이란 이런 건가?' 싶었다. 젊은 혈기에도 그 어둠을 생각하면 선뜻 발길이 내키지 않았다.

내가 태어난 니가타 집은 옛날에 승려 학교였던지라 절과 비슷한 생김새였다. 게다가 솔숲이 두 겹 세 겹 둘러싸서 변변히 햇빛조차 볼 수 없었고 까마귀와 올빼미 둥지투성이였다. 승려 한 명이 대들보에 목을 매어 죽은 탓에 그 부분만 한 칸 잘라낸 다락방은 식모가 썼는데, 어린아이였던 나는 승려 귀신이 나온다고 으르면서도 대들보 사이를 건너다녔다. 무섭다는 생각은 도통 들지 않았다. 마키노 신이치가 자살한 오다와라의 집, 그곳에 잠시 머무른 적이 있다. 절 옆이라 사방에 가득한 묘지를 가로지르며 드나들어야 했다. 마키노가 목매단 방은 1.5평쯤 되는 마루방으로 햇볕이 잘 안 들어 스산했지만 '죽음의 집'이라는 느낌은 전혀 없었다.

반면 아쿠타가와 저택은 양지바른 고지대에 위치한 데다 산뜻한 분위기였다. 다락, 병적, 좁고 더러운 거리 같은 흔히 '죽음의 집'을 연상시키는 조건이 하나도 없었건만, 나에게는 음산하기 짝이 없었다. 구즈마키가 생활하던 2층 4평 남짓한 방에 깔린 푸른 융단은 특히 내가 저주했던 물건이다. 으스스한 융단 색을 떠올리면 몸을 돌려 다른 곳으로 가고 싶어지곤 했다.

내 기억에 오류가 없다면 푸른 융단은 아쿠타가와 전집 초판 표지에 쓰인 푸른 천 자투리였다. 방바닥 전체에 깔면 부정 탈 듯한 거무스름한 푸른색이라 참으로 음울한 융단이군, 제발 사라져, 라며 끊임없이 주문을 외워댔다. 그럴 때면 구즈마키 소년(그는 귀족 소년 같은 분위기를 풍겼다)은 갑자기 노인 같은 얼굴로 피식피식 웃으며 말끝을 흐리기 일쑤였다. 그가 좋아하는 융단이었음에 틀림없다. 생전 아쿠타가와하고는 일절 관계없는 융단이었지만.

방 벽장에 달린 2단 장식 선반 밑으로 가스관이 지났는데, 한번은 삼촌(아쿠타가와)이 가스관을 뜯어 입에 물고 죽으려고 했어, 라고 구즈마키가 말해도 왠지 나는 죽은 방 주인에게 몹시 적의를 품고 있던 터라 자살자의 심중 따위는 전혀 생각하지 않았다. 또 구즈마키는 아쿠타가와 유고를 보여주기도 했다. 이 유고는 몇 년 뒤 다시 읽었을 때 감탄한 미완의 소품으로 후에 두 차례나 감상을 발표했지만, 당시엔 아무런 감동을 받지 못했다. 아니, 적의로 가득 차서 대충 훑어보고는 오히려 재미없다고 단언했던 기억이 난다.

그 방에서 곧잘 밤새워 일했다. 참으로 실없이 밤을 보냈다. 이런 하찮은 원고들로 잡지를 내긴 싫은데, 구즈마키가 말을 꺼낸다. 그러면 나는 괜찮아, 남이 쓴 원고야 시답잖든 말든 내 원고만 훌륭하면 돼, 원래 동인지는 다 그래, 하며 대꾸한다. 이런 식으로 편집하는 내내 티격태격했다. 구즈마키는 문학 명문가에서 자란 사람이라 자기가 편집을 담당하는 이상 시시한 원고는 싣지 않겠다는 고집을 꺾지 않았다.

이미 인쇄소에 원고를 넘겨 교정지까지 나온 판에 토라져서는 내일까지 뭔가 써줘, 이 작품 번역해줘, 라고 졸랐다. 내가 네가 쓰던가, 하면 나도 쓸 거야, 라고 구즈마키가 실실 웃으며 받아쳤다. 그러면 하는 수 없이 둘이 앉아 밤새도록 원고를 쓰고 또 썼더랬다.

바쁠 때면 구즈마키는 고작 하룻밤 만에 백몇십 장 되는 소설을 써냈다. 다음 날에 읽고는 찢어버려서 결국 한 편도 발표하지 않았지만. 하룻밤에 원고지로 백 장 이백 장 가까운 글을 쓰다니, 하루하루 정성껏 단편을 써 내려간 삼촌과 전혀 닮지 않았다. 나도 못 이기는 척 옆에서 번역을 시작해 하룻밤 새 제법 두툼한 원서를 끝내곤 했다.

앙드레 지드가 쓴 『오스카 와일드와의 추억』이란 책은 사흘쯤 걸렸고, 마리 시엔키에비치라는 유한마담이 쓴 『프루스트 크로키』는 하룻밤 만에 다 옮겼다. 하기야 한 권의 책이라지만 『프루스트 크로키』는 유한마담이 낸 호화로운 양장본인 만큼 원고지 30장도 채 되지 않았다.

여하튼 그다지 프랑스어를 잘하지 못했던 나는 '하룻밤'이라는 짧은 마감 시간 내에 사전을 뒤적일 새도 없이 모르는 부분은 건너뛰었다. 여기저기 다섯 줄씩 빼먹기 일쑤라 『오스카 와일드와의 추억』에서 프루스트가 좋아하는 식단 가운데 요리 이름이나 원료는 절반쯤 몰라서 에잇, 이 녀석 귀찮네, 하고 날려버렸다. 무책임한 짓을 했지 싶다. 내 번역을 읽은 사람은 프루스트라는 남자는 음식 가짓수가 꽤 적은 연회를 여는 놈이라고 생각했을 게다.

폴 발레리가 쓴 평론집 『바리에테』 등 몇 권이나 모르는 부분은 빼놓고 날림 번역했다. 결국 그 난해한 원문이 내 손을 거치면 더없이 명쾌해지는 덕에 원문을 읽지 않은 사람들은 감탄했다. 모르는 부분이 빠진 덕에 문장은 명쾌하고 아름다웠으나 이야기는 엉망진창이었다. 번역을 칭찬받을 때마다 난감하기 그지없었다.

그런데 철야 후 젊고 건강할수록 피로를 더 느끼는 것 같다. 요즘은 밤을 새워도 별로 피곤하지 않다. 밤샘을 생활 일부분으로 받아들인 지금과 달리 그때는 지칠 대로 지쳤다. 책 한 권을 곁눈질 한 번 하지 않고 열심히 번역한 탓도 있겠지만 초췌하기 이를 데 없었다. 눈이 쑥 들어가고 온통 기름으로 번들번들한 데다 이마에 주름살이 잡혀서는 얼굴이 노랗게 떴다. 제과점에서 사 온 모나카를 수시로 꺼내 먹으며 진한 커피를 자주 마셨다. 아침은 거의 카레라이스로 때웠다. 식욕이 없어 꾸역꾸역 먹었던 기억이 난다.

밤샘이 증오스러웠다. 구즈마키가 골내기 시작하면 나는 잔뜩 성나서 대들다 보니 말싸움으로 번지곤 했다. 구즈마키는 온화하고 허약한 체질임에도 자기 의견을 내세울 때는 집요했다. 부드러운 말투와 나긋나긋한 미소와 에두른 표현으로 끝까지 물고 늘어졌다. 결국 늘 끈기 없는 내가 졌다. 무엇보다 구즈마키의 주장이 옳았다. 우리 원고가 시시하다는 그의 의견은 맞는 말이었다. 구즈마키의 야심에는 사사로움이 없었다. 유명한 작가가 되고 싶어 하기보다 오로지 좋은 잡지를 내고 싶다는 생각뿐이었다.

서재 책상에 앉아 문득 옛날을 떠올린다. 20년 전, 25년 전, 30년 전…… 돌이켜보면 밝음과 그리움이 전혀 없는 추억이 아쿠타가와 서재에서 보낸 다정다감한 청춘 시절이다. 그때는 가난의 고통도, 연정 때문에 살이 빠진 적도 없었다. 희망과 젊음이 넘쳐흘렀다. 두려움과 타협으로 얼룩지지 않고 거리를 활보하지 않았던가.

다만 구즈마키의 정론에는 진저리가 났다. 겉으로 나약함을 드러내지 않는 나이기에 내심 압도당했어도 단지 이상일 뿐이라고 치부했다. 물론 구즈마키의 예술에 압도당한 건 아니다. 자신의 예술에 자신감을 잃고 절망했다는 의미는 더욱 아니다. 그야말로 젊음의 순간, 희망의 순간, 뻗어 나가려는 기세뿐인 시기였으니.

하지만 그 시절, 그 모습, 그 방, 그 길, 그 말, 왠지 떠오르는 모두 것에 항상 어둠이 따라다닌다. 마치 젊음은 어둡다는 듯이. 어쩌면 청춘은 어둠일지 모른다. 청춘에게는 병적인 나도 건강해 보였고, 어둠 자체도 건전해 보였다. 우리는 어째서 희망찬 시기에 태양을 우러러보고 푸른 하늘을 흠뻑 쐬고 있단 사실을 잊고 마는 걸까. 나는 늘 어두운 길을 걷고 있다. 그 길은 아쿠타가와 서재로 통하는 길이다. 어두운 방에 구즈마키와 마주 앉아 펜을 쥐고 번역에 열중한다. 그 방은 햇볕이 잘 드는 방이었다. 푸른 하늘이 또렷이 보이고, 융단에 겨울 해가 밝게 들이치고, 밤샌 다음 날 맑디맑은 새벽이 있었다.

저건 완전히 죽음의 집이야, 나는 통렬하게 아쿠타가와 저택을 저주했다. 맞아, 이렇게 대답하는 이는 나가시마 아쓰무였다. 놀리듯이 히죽히죽 웃은 다음 아무런 말도 하지 않았지, 그 녀석은 무슨 생각을 하고 있었을까. 그때 잡지 동인은 이따금 아쿠타가와 저택을 찾아왔지만, 나가시마 아쓰무만은 거의 모습을 드러내지 않은 채 아쿠타가와보다 더 발랄하게 제 손으로 목숨을 끊고 말았다.

눈

도쿠토미 로카德冨蘆花

1868년 구마모토현 출생. 1889년 도쿄로 올라와 언론인이자 사학자였던 형 소호가 운영하던 민유사에서 편집기자로 일하며 톨스토이 작품에 심취했다. 1890년 소설 『불여귀』로 이름을 알렸고, 1900년 자연 사색 수필 『자연과 인생』을 선보여 호평받았다. 그해 출판사를 그만두고 전업 작가로 활동하며 사실적 자연주의 작품을 다수 발표했다. 1906년 예루살렘을 순례하고 돌아와 『순례기행』을 선보였으며, 이듬해 톨스토이처럼 교외에서 전원생활을 하며 『지렁이의 농담』, 『신춘』 등을 남겼다. 1927년 9월 18일 쉰아홉 살에 생을 마감했다.

「눈」은 1913년 3월 출간된 『지렁이의 농담』에 실린 글이다.

12월 28일, 점심 전부터 눈이 비로 바뀌더니 밤까지 내리 쏟아졌다. 새벽 2시께, 베갯머리 근처에서 쿵 하고 소리가 나는 바람에 벌떡 일어났다. 서둘러 옷매무새를 고친 뒤 잠시 이부자리 위에 우뚝 선 채 숨어든 사람이 있는지 주위를 살폈다. 인기척은 전혀 없고 문밖에서 사락사락, 사락사락 소리가 살며시 들려온다.

"눈이다!"

방금 전 소리는 떡갈나무 가지에서 눈이 미끄러져 떨어지는 소리였던 모양이다. 나는 빙그레 웃으며 다시 잠자리에 들었다.

6시에 눈을 뜨자마자 덧문을 열었다. 하얀빛이 눈부시게 반짝반짝 빛난다. 툇마루 끝까지 새하얗다. 이미 15센티미터 넘게 쌓였건만 아직도 내리붓는 중이다. 작년에는 날씨가 따뜻해 눈다운 눈을 미처 보지 못했다. 올해 안에 이렇게 수북이 내리쌓인 눈을 구경하다니, 지토세 마을 주민이 되고 나서 처음 있는 일이다.

안쪽 서재 문을 열었다. 서남쪽이 한눈에 내다보이는 서재는 지금 눈 내린 전원을 액자 없이 한 폭의 그림으로 보여준다. 마당 안에 들쭉날쭉 솟은 열몇 그루 소나무는 죄다 눈 무게를 이기지 못해 휘어져서는 이제 털어버릴까 지금 털어버릴까 고민하듯 나뭇가지가 흔들흔들 춤을 춘다. 벌거벗은 갈잎나무는 무거운 눈 더미에 순순히 몸을 맡기고, 메마른 싸리나무 한 무리는 활모양으로 땅에 바싹 엎드려 있다. 엉겁결에 소리 내어 웃었다. 등 돌린 지장보살 석상이 간호사처럼 순백 모자를 쓰고 양쪽 어깨에 순백 견장을 붙인 채 새침하게 서 있는 게 아닌가.

장지문을 닫고 안으로 들어왔다. 일을 시작하기 전에 편지 두 통을 써야 했다. 쓰쿠바산 아래에 사는 의사에게 한 통, 도쿄 긴자에 있는 서점 주인에게 한 통. 바다 설경과 눈 덮인 연말 도시 풍경이 그려진 우키요에가 환상처럼 눈앞에 떠오른다. 편지를 다 쓰고 나서 원고지 칸을 메워갔다. 장지문이 점점 눈 시릴 정도로 하얘지더니 때때로 깜짝 놀랄 만한 커다란 소리를 내며 눈이 털썩털썩 떨어진다. 책상 옆에서 놋쇠 주전자가 칙칙 울어댄다.

점심때임을 알리러 쓰루코가 왔다. 방에서 나와 보니 여전히 눈이 보슬보슬 내렸다. 그래도 바깥은 눈 말고 다른 빛을 머금어 환했고 안채 앞 잔디에 쌓인 눈은 떡갈나무에서 흘러내린 물방울로 군데군데 녹아 있었다.

"뭐야, 이거 끝인가. 봄눈 같네."

투덜대며 식탁에 앉았다. 검은색 쟁반 위에 흰 물체 세

개. 붉은 남천나무 열매로 눈알을 만든 토끼, 푸른 용수염 열매로 눈알을 만든 메추라기, 용수염 잎으로 눈썹을 붙이고 푸른 열매로 눈동자를 만든 조그마한 눈사람이 나란히 놓였다. 쓰루코를 위해 아내가 만들었나 보다.

"이 눈사람은 서양인이야. 봐, 눈동자가 파랗잖아."

쓰루코가 말한다. 눈이 온 탓에 오늘은 신문이 오지 않는다. 아침에는 우유 배달부, 오후에는 일흔 가까운 집배원 할아버지가 막 왔다 간 참이다. 내일 떡을 뽑는 날이라 이웃에 사는 방앗간 주인이 찹쌀을 가지러 왔다. 온 김에 갓 쪄낸 고구마 두 개를 쓰루코에게 주고 갔다.

점심을 다 먹고 서재에서 아침부터 하던 일을 계속한다. 날이 추워서 가끔 화로에 숯을 넣는다. 문창지가 서서히 흐려지더니 딱 기분 좋을 만큼 빛이 들어왔다. 쏴 하는 소리가 난다. 쿵 하고 울림이 느껴진다. 바람이 분 모양이다. 4시가 좀 넘어 아내는 차를, 쓰루코는 군밤을 들고 들어왔다.

"눈을 끓여 우려냈어요."

아내가 말한다. 펜을 내려놓고 일단 찻물을 한 잔 따라 들이켠다. 찻주전자가 은이라고 하더니, 아무리 봐도 쇠다. 어쨌든 차 맛이 부드럽다. 저마다 군밤을 까먹으며 장지문을 열고 잠시 밖을 내다본다. 북쪽에서 바람이 불어온다. 하얀 바람이 휙휙 몰아치며 논밭 너머 삼나무 숲을 몇 차례나 비스듬히 훑고 지나간다. 마당에는 꽃잎 닮은 크고 작은 눈 송이가 나방처럼 날아다닌다. 뛰어오르거나 사납게 놀치다가, 공중제비를 넘거나 춤추듯 뱅그르르 돌다가, 우스꽝스레 까불거리며 홋홋이 흩날린다. 사라져 가던 지장보살 석상 머리 위 눈 모자가 또다시 볼록해졌다. 마당 주인 행세를 하는 소나무 가지에서 때때로 눈 폭포가 후다닥 쏟아진다.

"오늘 밤에도 내리겠네요."

이런 말을 툭 던지며 아내는 쓰루코와 함께 나가버렸다. 나는 눈바람 소리를 들으며 일을 이어갔다. 한 장 쓰고 나니 벌써 다음 문장이 가물가물하다. 펜촉을 천으로 닦고 일어나 장지문을 열었다.

창백한 눈의 황혼이다. 눈이 닿는 한, 귀가 닿는 한 오가는 사람도 없고 소리도 안 난다. 오직 눈만 풀풀 또 풀풀 끝없이 내릴 뿐이다. 한참을 바라본다. 갑자기 툇마루 끝에서 검은 물체가 지나가는가 싶더니 지난달부터 우리 집에서 더부살이하는 떠돌이 개다. 아직 어린 티 나는 귀가 큰 암컷으로 어디서 어떻게 들어왔는지 몰라도 멋대로 눌러앉아서는 몇 번이나 쫓아냈지만 당최 나가려 하지 않는다.

이미 집에는 암캐와 수캐가 한 마리씩 있기에 더는 키울 형편이 안 된다. 일부러 사람을 불러 다마강 건너편에 두고 오기도 했는데, 이튿날 다시 불쑥 나타났다. 기차에 태워 보내라고 하길래 오기쿠보에서 기치조지까지 기차를 타고 가서 숲속에 놓고 왔더니 일주일 만에 목줄을 달랑거리며 돌아왔다. 이웃이 아이 둘 있고 개 좋아하는 집에서 키우고 싶다고 한다기에 일단 그 집에 데려다줬는데 긴 쇠사슬을 질질 끌며 되돌아왔다. 어쩔 수 없이 지금은 그대로 놔두고 있다. 내가 휘파람을 불자 그녀는 잠깐 이쪽을 쳐다보다가 곧 꼬리를 내리고 작은 발자국을 눈 위에 새기며 뒤꼍으로 가 버린다.

눈은 아직도 하염없이 내린다. 문득 올 한 해 있던 갖가지 사건이 머릿속에 떠올랐다. 나 자신, 우리 집, 우리 동네, 국내와 국외에서 이런저런 일이 많았다. 다양한 형태로 세계 곳곳에서 드러나는 민심의 흥분, 인간의 동요가 다시금 어지럽게 내 마음의 눈에 비쳤다. 세상은 어디에 도달하게 될까? 나는 오래도록 눈 속을 멀거니 바라본다. 1912년 마지막 달 29일이 창백하게 저물어 간다.

저마다 미친 듯이 춤추네, 덧없이
세상은 한 빛깔, 눈 내리는 황혼

" 잉크스탠드며 재떨이며

펜이며 원고지며

전부 못 견디게 귀엽다. "

단상

호조 다미오 北條民雄

1914년 경성 출생. 1933년 열아홉 살 때 한센병에 걸려 도쿄 근교 국립요양소 다마전생원에 입원한 뒤부터 글을 쓰기 시작했다. 다마전생원에서 발행하는 문예지 『산앵』, 『뻐꾸기』 등에 동화 「귀여운 폴」, 「제비꽃」을 실었다. 습작을 보낸 것을 계기로 가와바타 야스나리와 편지를 주고받으며 문학 수업을 이어갔고 1936년 『문학계』에 「생명의 초야」를 발표했다. 자신의 비극적인 숙명과 한센병 격리 시설의 참혹함을 사실적으로 묘사한 「생명의 초야」는 그해 아쿠타가와상 후보에 올랐다. 이후 「한센병 가족」, 「안대기」 등을 쓰며 창작열을 불태우다가 1937년 12월 5일 스물세 살에 생을 마감했다.

「단상」은 미발표된 글로 『호조 다미오 전집 하권』에 실려 있다.

자살을 각오하면 죄다 미쳐버리거나 멍한 상태에 빠진다. 이게 나는 불쾌하다. 그저, 그저 불쾌할 따름이다. 이런 상태로 자살하면 결코 자살이라 할 수 없다. 살해된 것이나 다름없다. 병에, 운명에 살해당한 셈이다. 나는 자살을 꿈꾸지만, 살해당하기는 정말 싫다. 나는 자살하고 싶다. 죽는 순간까지 자신을 지그시 바라보며 이성으로 모든 것을 통제할 때 비로소 '자살'이 된다. 이성으로 운명을, 병을 정복해야 한다. 삶에서 이기려면 이 수 말고는 없다.

어떤 밑바닥 인생이라도 희망은 남아 있다. 물론 맞는 말이다. 아무리 최악의 구렁텅이에 굴러떨어져도 사람은 희망을 잃지 않는다. 그게 생명, 목숨이 붙어 있다는 증거다. 이해하겠는가, 내 말을. 인간은 살아 있는 한 이 희망이라는 생물을 짊어지고 살아가야 할 운명이다. 그렇다고 해도 어째서 인생이 밝다고 말할 수 있겠는가. 어떻게 행복하다고 말할 수 있겠는가.

나는 희망을 증오한다. 희망 때문에, 희망이 있는 탓에 몸부림치며 괴로워한다. 아, 완벽한 절망에 빠질 수 있다면 그때야말로 자살을 하고야 말리라. 왜 소설 따위 쓸 생각을 했는지 모르겠다. 소설을 쓴다고 뭐가 달라지나. 살기 위해 쓴다, 다 거짓말이다. 소설을 쓴다고 해서 고통은 누그러지지 않는다.

온종일 방에 틀어박혀 있으면 저녁에는 고독이 뼈에 사무쳐 안절부절못한다. 신경은 이상하게 날카로워져서 별것 아닌 소리에도, 미세한 공기의 움직임에도 몸이 바르르 떨린다. 그리고 속절없이 사람이 그리워진다. 창문 아래서 또각또각 구두 소리가 들리면 나에게 오는 건가 싶어 마음을 졸인다. 부디 찾아와주길 바라기도 잠시 갑자기 화가 나고 불쾌하다. 이 고독한 감정이 어지럽혀질까 봐 겁이 난다. 그 주제에 신발 소리가 창문 아래를 그냥 지나치면 실망스러워 견딜 수 없다. 신발 소리가 사라질 때까지 귀를 기울이며 왠지모르게 서러워하기까지 한다. 가만히 앉아 있다가 더는 참지 못하고 벌떡 일어나 방 안을 여기저기 돌아다닌다. 어디에 가고 싶지는 않다. 나가봤자 시시할 뿐이다.

이윽고 해가 완전히 저물고 전등 불빛만 남는다. 조금씩 마음이 차분해지며 고요히 평온에 잠긴다. 잠시 눈을 감는다. 이루 말할 수 없이 충만한 황홀경에 들어선다. 그 순간 주변 모든 물건이 그리워진다. 온통 사랑스럽다. 하나하나 손에 들고 입맞춤이라도 하고 싶다. 잉크스탠드며 재떨이며 펜이며 원고지며 전부 못 견디게 귀엽다. 마치 살아 있는 듯해 무심코 말을 걸어보고 싶기까지 하다. 꽃병에 꽂힌 꽃나무는 더욱 그렇다. 형제나 친구처럼 보이고 같은 피를 나눈 가족처럼 보인다. 여하튼 모든 것이 좋다.

우주를 향해 감사드리며 신의 마음을 느낀다. 동시에 두려운 기분이 든다. 그리고 있는 것은 나뿐. 세차고 강한 힘, 뭐든지 할 수 있을 것만 같다. 굳이 바라신다면 즉시 내 심장에 칼을 내리꽂을 수도, 다른 사람을 찔러 죽일 수도 있다. 아직 고운 열다섯 소녀 마리아가 눈앞에 나타난다. 이 소녀를 당장 죽일 수도, 또 끝없는 애정으로 감쌀 수도 있다. 하지만 모두 아름답고 그립다.

성서는 다른 어떤 책보다 내게 감정의 근원을 보여준다. 현실에서 원하는 것은 무엇보다도 이 감정, 본바탕인 감정이다. 나는 나의 고통을 믿는다. 어떠한 논리도 사상도 믿기지 않는다. 오직 이 고통만이 인간을 되살린다.

책장을 덮고

이시카와 다쿠보쿠石川啄木

1886년 이와테현 출생. 1902년 중학교를 중퇴하고 도쿄로 올라와 잡지 『명성』에 투고하는 한편 동인 '신시사'에 참여했다. 1905년 열아홉 살에 첫 시집 『동경』으로 문단에 데뷔했지만, 생계를 위해 고향으로 내려가 교사로 일하기도 했다. 1908년 『명성』이 폐간되자 이듬해 기타하라 하쿠슈, 히라이데 슈 등과 함께 낭만주의 문예지 『묘성』을 창간했다. 1910년 솔직한 감성을 자유롭게 읊은 가집 『한 줌의 모래』를 펴내며 호평받았다. 지금도 일본 국어 교과서에 실릴 정도. 1912년 4월 13일 스물여섯 살에 폐결핵으로 생을 마감했다. 사후 죽음을 앞둔 심성을 노래한 가집 『슬픈 완구』가 출간됐다.

「책장을 덮고」는 1912년 1월에 발표한 글이다.

사람들 소리 들려오는 저녁 무렵

눈물 넘쳐흐르니 부르지 말지어다

'아내여, 아이여, 내 늙은 어머니여. 제발 아무 말 말아주오, 되도록 내 쪽을 보지 말아주오. 당신들에게 화내는 게 아니요. 이니, 누구한테도 화나지 않았소. 다만 지금은 누군가 말을 걸면 금세 울음이 툭 터질 것 같은 기분이라서. 언젠가처럼 별일 아닌데도 매정하고 무자비한 짓을 해서 또 당신들을 울리게 될지 모르니, 부디 날 신경 쓰지 말고 잠자코 있어주길. 잠시만, 내가 이 식사를 끝내고 서재로 달려가 틀어박힐 때까지만.'

이런 마음을 품고 말없이 저녁밥을 먹는 남자가 있다. 나이는 스물여섯쯤 되려나. 진한 눈썹 사이 미간을 잔뜩 찌푸리고 그렇지 않아도 핏기 없는 얼굴에 애처로울 만큼 어두운 표정을 짓고서. 남자는 다른 사람과 마주 보는 일이 무엇보다 두려운 기색이다. 잘 갈린 서양 면도칼처럼 신경이 날카롭게 곤두선 탓에 접시 부딪치는 쟁그랑 소리마저 번개 친 것처럼 온몸에 울려 퍼지는 모양이다.

책장을 덮고 가을바람에 귀 기울이니

커튼에 먼지며 얼룩이 엄청나구나!

책이란 북유럽 어느 대국에서 쓰인 새로운 소설책으로, 신기한 모양을 한 금색 글자가 진청색 천으로 감싼 책등에서 차분하게 빛난다. 해 질 녘부터 읽기 시작했는데, 희미하게 잉크 냄새 배어나는 까슬까슬한 책갈피에 손때 묻은 상아 종이칼을 넣어 한 장씩 넘길 때마다 점점 재미가 더해져 곧바로 답장을 보내야 하는 편지도 까맣게 잊고 조금 전 가져다준 커피가 다 식는 줄도 모른 채 그만 단숨에 마지막까지 읽어버렸다.

책을 덮은 뒤 표지 위에 손을 지그시 올려놓고 그대로 깊은 생각에 빠지려는 순간, 이제껏 눈치채지 못한 소리가 들렸다. 사락사락, 누군가 오색 무늬 내 책상보를 비벼대는 듯한. 바람이라도 불어오나, 하고 커튼 틈으로 창밖을 내다보니 짙은 어둠이 깔려 아무것도 보이지 않았다. 그래도 정원에서 자라는 오래된 팽나무 한 그루가 가을바람에 흔들리는 모습이 손에 잡힐 듯 그려졌다.

벌써 밤이 꽤 깊어서인지 바깥에서 나는 쓸쓸하기 그지없는 사락사락 소리 말곤 서재에는 벽난로 위 탁상시계가 돌아가는 째깍째깍 소리만 울릴 뿐이다. 아까까지 시끄럽던

재봉틀 소리도 어느새 그치고 잠에서 깬 아이 옆에 누워 젖을 물리던 아내마저 잠들었나 보다. 가만히 귀를 기울이고 있자니 바람 소리가 갈수록 거세진다. 방금 읽은 이야기 속 멋진 광경이 머릿속에 펼쳐진다. 문득 환한 가스등 불빛에 비친 커튼 얼룩이 눈에 들어온다. 지저분해졌네, 커튼을 새로 단 게 작년 봄이었나, 아니면 재작년이었나? 시선은 줄곧 커튼을 향한 채 손만 천천히 커피잔으로 뻗으며 생각에 잠긴다.

3장、책이 있는 풍경。

" 방구석 변변찮은 책꽂이와

아직 반쯤 잠든 소녀 감성을

꿰뚫고 옮겨갔다. "

책꽂이

미야모토 유리코宮本百合子

미야모토 유리코는 저명한 건축가인 주죠 세이치로와 니시무라 요시에의 장
녀로 태어났다. 아버지 세이치로는 도쿄대를 졸업하고 영국 케임브리지대에
서 건축을 공부한 만큼 매우 진보적인 사람이었다. 어머니 요시에 또한 사상
가이자 교육가의 딸로 평소 독서를 즐겼고 『갈대 그림자』란 책을 펴내기도
했다. 이런 영향으로 그녀는 어린 시절부터 책을 읽고 글쓰기에 몰두하며 문
학적 재능을 키워갔다. 특히 아버지와 사이가 무척 좋았는데, 후에 「나의 아
버지」, 「아버지의 수첩」 등을 통해 부친에 대한 애정을 표현했다.
「책꽂이」는 1941년 10월 잡지 『서재』에 실린 글이다.

얼마 전 이사하느라 집이 난리가 났다. 이쪽 헌책 더미, 저쪽 헌책 더미를 왔다 갔다 하며 마구잡이로 짐을 풀었다. 그러다 책 한 권이 나왔다. 검은 책등에 모조지 표지를 붙인 『여학잡지』 합본이었다. 뻑뻑한 표지를 펼치니 '교육'이란 제목으로 유전, 태교, 프리드리히 프뢰벨, 유치원을 다룬 기사가 자세히 적혀 있다.

잉크로 쓰인 흑색 글자는 세월이 흘러 이제 희미한 갈색으로 바랬다. 1892년 6월호부터 1893년 3월호까지를 한데 묶어 제본했는데, 당시만 해도 더없이 새롭고 깨끗한 도덕의 원천이던 이 잡지를 이토록 정성껏 다루며 성실하게 읽은 사람은 누구였을까. 표지 뒷면에 적힌 글씨는 어딘지 아버지 필체처럼 보인다.

이번에는 잡동사니를 정리하면서 공책 네다섯 권을 찾아냈다. 옛사람이 쓴 글씨가 어찌나 반듯하고 아름다운지, 깜짝 놀랐다. 화학 공책이니 아마도 고등학교 시절 아버지가 필기했지 싶다. 공책에 실린 시험관을 불꽃 위에서 달구는 실험 그림은 제도 기구를 쓰지 않고 손으로 그렸는지 생기가 넘친다. 오늘 우연히 가을 햇빛이 들이치는 먼지투성이 복도 구석에서 펼쳐보는 딸의 눈에는 오히려 그림 속 활기찬 선이 글자보다 정겹게 느껴진다. 나이 든 아버지의 모습과 행동이 생생히 떠올라서다.

필기 내용은 그다지 어렵지 않은 화학 기초지만, 글자는 어른스럽고 빼어나다. 메이지시대 청년 생활이 또렷이 드러난다. 아버지는 소년 시절 시 짓기와 전각이 취미였던 모양으로 녹나무로 짠 작은 서랍장에 갖가지 곱돌을 넣어뒀던 일이 기억난다. 그 소년이 열여섯 살에 처음 마주한 영어책을 그림이 나오기 전까지 거꾸로 들고 있었단 사실을 몰랐다는 실수담도 알고 있다.

그건 그렇고 1893년에 발행된 잡지라니, 1868년생인 아버지는 그때 스물다섯 청년이었을 게다. 진보적 기질이 다분한 청년답게 아버지가 『여학잡지』를 구독했을까. 두 여동생이 있었으니 그녀들에게도 잡지 내용을 이야기해주거나 읽게 했을까. 만약 젊은 아버지가 읽었다면, 표지 뒷면에 적힌 책 속 문장이 한층 더 친근하고 따뜻하게 다가온다. 예전에 아버지가 결혼이며 가정이며 아이 교육에 품었던 생기발랄한 희망을 어렴풋이 말해주니.

아니, 어쩌면 잡지 표지에 글씨를 끄적인 이는 쇼고 삼촌이 아니었을까. 삼촌의 서체가 어땠는지는 잘 모르지만, 아버지보다 두세 살 아래인 그는 고등학생 때 훌쩍 중국으로 건너가 1년가량 어디 학교 선생을 할 만큼 기인이었던 모양이다. 타고난 외골수라 도쿄대를 졸업하자마자 다들 말리는 데도 미국으로 떠났고 마침내 선교사가 되고 말았다. 1906년께 일본으로 돌아온 삼촌은 우리 집에 머물다가 얼마 안 돼 중이염으로 세상을 떠났다.

돌아가시기 전 쇼고 삼촌은 젊은 형수였던 어머니에게 아이를 위한 책을 써보자고 말했단다. 때마침 아버지가 외국에 나가 부재중이었던지라 어머니도 꽤 열심히 참여하셨던 것 같다. 병상 옆에서 어머니는 머리에서 귀까지 커다란 흰 붕대를 두른 우람한 삼촌이 완고한 얼굴로 구술하는 이야기를 받아 적곤 했단다. 하지만 이 계획은 끝내 실현되지 않았다.

초등학교 1학년쯤이던가, 한번은 삼촌이 학교 앞까지 마중을 나와준 적이 있다. 크디큰 남자 어른이 긴 머리칼을 어깨까지 늘어뜨린 모습이 어찌나 이상하던지 살짝 무서운 기분마저 들었다. 깜짝 놀라는 친구들에게 왠지 미안하고 부끄러웠다. 이런 삼촌이니 『여학잡지』를 읽지 않았다고 어떻게 장담하겠나.

같은 헌책 더미 아래에서 이케베 요시가타의 1901년판 『프랑스 풍속문답』, 모리 오가이의 1892년판 『미나와집』과 1901년판 『심미 극치론』이 먼지를 뒤집어쓴 채 나타났다. 붉은 천으로 덧싸서 국판 제본한 『태양』 증간호는 철한 곳이 풀려 따로따로 흩어져 있었다. 쓰보치 쇼요가 쓴 소설 「당세 서생 기질」이 실린 페이지가 보였다.

모두 아버지나 어머니가 젊은 시절 사들인 장서일 텐데, 두 분 다 평생 책장다운 책장을 가진 적이 없다. 대신 어느 방이든 귀퉁이마다 책 몇 권을 놓아뒀다. 아무 데나 앉은 자리에서 손을 뻗으면 책이 닿는 생활이었다.

어렸을 때, 아버지 책상이 놓인 2평짜리 방에 한쪽 벽을 다 차지하는 2단 선반이 달려 있었다. 위는 책장으로 썼는데 『문예구락부』, 『신소설』, 『태양』 같은 잡지 몇 년 치가 잔뜩 뒤섞여 나뒹굴었다. 게다가 커튼도 없어서 늘 먼지투성이였다. 다섯 살짜리 여자아이는 선반에 올라가 닥치는 대로 잡지를 끄집어냈다. 그러고는 글자는 모르니 오로지 그림만 하염없이 바라봤다.

『신소설』이었던가, 한 잡지 속표지에 아무리 봐도 뭔지 알 수 없는 묘한 그림 한 장이 실려 있었다. 넓은 연못에 붉은 석양이 내리비친다. 건너편 검은 숲과 연못 수면과 거기 뜬 보트 한 척이 비스듬히 비추는 붉은 햇빛에 섬뜩하게 휩싸인 가운데 누군가 서 있다. 해쓱한 얼굴 반쪽은 선명히 보이는데 그 외는 흐릿하다. 가슴 언저리에 활활 불타오르는 듯

색칠한 볼록한 뭔가가 일그러진 채다. 다섯 살 여자아이 눈에는 왠지 그게 가슴을 치며 울부짖는 고릴라처럼 보였다. 아무리 봐도 이해가 안 됐다. 몇 번씩이나 유심히 들여다봤지만 무슨 의미인지 깨닫지 못했다.

아직도 똑똑히 기억하니 머릿속에 그림을 그려 되새겨본다. 지금은 안다, 그건 바로 일본 로맨틱 시대 회화의 한 조각이었음을. 틀림없다. 불타는 석양과 땅거미가 내려앉은 연못 위 두 젊은 남녀, 제 가슴에 기댄 여자의 검은 머리카락에 가려진 남자의 얼굴 반쪽 그리고 활활 불타오르던 볼록한 뭔가는 석양에 물든 여자의 머리다. 미숙한 감상과 몽롱체란 새로운 화풍을 모르는 어린 소녀의 눈에는 도무지 영문을 알 수 없는 고릴라 닮은 덩어리로 보였던 게다. 지금 생각하면 귀엽기 그지없는 발상이다.

여학교에 다니기 시작하면서 자연스레 현관 옆 4평이 채 안 되는 방을 내 방으로 삼았다. 쇼고 삼촌이 살던 방이다. 집 안 구석구석에서 숨겨진 낡은 책꽂이며 헌책을 몰래 가져와 보물인 양 창가에 가지런히 늘어놓았다. 그 보물 중에는 지금 먼지 속에서 모습을 드러낸 붉은 천으로 덧싼 『태양』 증간호와 『미나와집』, 이제는 어디론가 감쪽같이 사라져버린 검은 가죽 책등을 한 『시라누이 이야기』와 일부가

빠진 『이하라 사이카쿠 전집』이 있었다.

어느 날 어머니가 뜬금없이 사 온 에드거 앨런 포의 소설
집 두 권을 시작으로 책꽂이는 차츰차츰 오스카 와일드, 오
가와 미메이, 가브리엘레 단눈치오 같은 작가 책으로 채워졌
다. 그때 샀던 『와일드 경구집』이란 소형 책자를 이번에 이
사하면서 찾았다. 펼쳐보니 군데군데 빨간 색연필로 동그라
미가 그려져 있다. 곧이어 무샤노코지 사네아쓰의 초기작이
며 러시아 작가 작품이 점점 늘어났다. 나도 모르는 사이 문
예사조가 메이지시대 말기에서 다이쇼시대*로, 4평짜리 방
구석 변변찮은 책꽂이와 아직 반쯤 잠든 소녀 감성을 꿰뚫
고 옮겨갔다.

오늘 책 정리에는 역사의 어두운 그림자가 깊숙이 드리워
져 있다. 행여 재해가 닥칠까 종종 두렵다. 지난 대지진 때는
무사히 넘겼다. 책들은 제 몸에 얽힌 내 삶의 추억과 함께
앞으로 몇 년이나 누렇게 바래져 갈까. 콘크리트 서고를 만
들 수도 없다. 더없이 사랑스럽고 존경하는 책들은 해가 바
뀔수록 더욱 풍요로운 삶의 맥박을 전해준다. 적어도 불이

---

* 다이쇼시대는 1912년부터 1926년까지로, 이전 메이지시대는 자연주의 문학이
대세였다면 다이쇼시대는 그에 반기를 든 탐미주의와 이상수의 문학이 유행했
다. 무샤노코지 사네아쓰는 이상주의 문학의 대표주자였다.

안 날 것 같은 곳에 둘 수밖에.

그나마 한 줄기 낙천적 울림이 마음 어딘가에서 들려온다. 아름답고 음이 높은 멜로디가 나를 되살린다. 자신이 소중히 여기던 수많은 기사도 소설책이 불탔을 때, 돈키호테는 어떤 노래를 부르며 산초를 달랬을까.

"산초야, 울지 마. 내 책은 잃어버려도 내 삶은 잃어버리지 않을 거야."

돈키호테가 산초에게 건넨 저 말이, 현실을 꿋꿋이 살아갈 기운을 주듯 이제 우리를 향해 힘차게 울려 퍼진다.

서재 여행

에도가와 란포 江戶川乱步

1894년 미에현 출생. 1916년 와세다대를 졸업한 뒤 헌책방 주인, 편집기자를 거쳐 1923년 「2전짜리 동전」으로 문단에 데뷔했다. 필명 에도가와 란포는 '에드거 앨런 포'에서 따왔다. 1925년 「D언덕의 살인 사건」에 탐정 '아케치 고고로'를 처음 등장시키며 「심리시험」, 「다락방의 산책자」 등을 발표해 큰 인기를 끌었다. 이후 추리, 탐정, 환상 등 다양한 장르를 넘나들며 폭넓은 독자층을 확보했는데, 1931년 첫 전집이 출간되자 24만 부나 팔렸다. 1936년 검열이 심해지자 소년용 탐정물로 전향해 걸작을 다수 남겼다. 1965년 7월 28일 일흔한 살에 세상을 떠났다.

「서재 여행」은 1940년 6월 잡지 『도쿄도 월보』에 실린 글이다.

늘 제멋대로에다 변덕쟁이라, 나의 독서는 거의 산책에 가깝다. 말하자면 즉흥적으로 그때그때 기분 내키는 대로 책을 꺼내 읽을 뿐이다. 하지만 오랫동안 짧은 일상 산책만 해오진 않았다. 때론 가방을 들고 당일치기 여행을 가거나 누군가의 저택에 며칠 머물기도 했다. 아주 가끔은 먼 곳으로 장거리 여행을 떠난 적도 있다. 먼 곳이란 지리상 거리가 아니라 주로 역사상 시간을 의미한다. 요컨대 허버트 조지 웰스의 과학소설 「타임머신」에 나오는 그 타임머신을 타고 과거 어느 시대로 긴 여행을 다니는 식이다.

지금 마침 장거리 여행을 하는 참이다. 1년 전쯤부터 서재에 앉아 고대 그리스로 얼뜨기 여행을 가곤 했는데, 글 쓰는 오늘도 그곳에 체류 중이다. 다소 한물간 데다 성미에도 맞지 않는 여행이지만, 어떤 사람이 부추기는 바람에 시작했다. 돌이켜보면 꽤 오래된 일이다.

10년 정도 됐으려나, 언제나처럼 독서 산책을 즐기는 도중에 우연히 존 애딩턴 시먼즈를 만났다. 호레이쇼 브라운이 저술한 『시먼즈전』을 읽다가 어쩐지 시먼즈에게 마음이 끌려 그의 저택을 찾아 집주인으로부터 갖가지 얘기를 들었다. 결국 시먼즈의 모든 저작과 친해지기에 이르렀다.

시먼즈로부터 전해 들은 이야기에서 가장 마음에 남는 것은, 그의 대표작 중 하나인 『그리스 시인 연구』다. 플라톤의 『대화편』 때문에 울었다는 일화는 도통 들어본 적 없는데, 시먼즈는 어린 시절에 「파이드로스」와 「향연」을 처음 읽고 감동한 나머지 눈물을 흘렸단다. 즉 그는 타고난 고대 그리스 애호를 바탕으로 온 영혼을 담아 『그리스 시인 연구』란 대작을 완성했다. 그 까닭에 일반 그리스 문학사와 달리 내 가슴을 세차게 때렸다.

시먼즈 꼬임에 넘어간 나는 어느덧 미지의 그리스를 동경했다. 독서 산책은 툭하면 근대 그리스 애호가가 쓴 저술로 향했고 여정은 점점 길어졌다. 마침내 1년 전쯤, 그리스어에 까막눈인 채로 무모하게 철 지난 기나긴 여행길에 오르고 말았다.

시골에서 갓 올라온 촌뜨기는 수도 아테네에 다다르자 성 밖 민가에 머무르며 안내자와 통역자를 의지해 설렌 마음으로 구경에 나선다. 안내자란 알렉산드리아나 비잔티움의 문헌을 비롯해 르네상스 이후 수천수만에 달하는 엄청난 그리스 연구서를 말한다. 여하튼 촌뜨기는 뭔가 눈으로 보고 귀로 들을 때마다 두근두근하다. 특히 근대 안내자는 저마다 성대한 일가를 이룬 탓에 입구부터 당황스럽다.

짐짓 점잔 빼며 복잡하게 설명하는 근대 안내자는 어딘가 일본인을 닮은 구석이 있다. 하여 서글서글한 그리스인에게 안내를 부탁하는 편이 훨씬 친숙하고 이해하기 쉽다. 개중에서도 플루타르코스 선생이나 루키아노스 선생은 전문가는 아니지만 꽤 친절하게 설명해준다. 디오게네스 라에르티오스 아저씨나 박식한 아테나이오스 선생은 이따금 엉터리 안내를 하긴 해도 무척 재밌는 이야기를 들려주는 유쾌한 길동무다.

통역자 역시 조합이 너무 많아 이것저것 눈길이 간다. 나는 제임스 로엡이 펴낸 '로엡 고전 총서'* 쪽을 주로 고용한다. 신선한 데다 창립 이래 30년 가까운 신용도 있고 수량도 각 방면에 걸쳐 어마어마하다. 무엇보다 보수가 싸서 부담 없이 데리고 다니기에 제격이다. 통역 솜씨마저 제법 좋아서, 일일이 그리스어와 영어를 반복해서 보여주며 정성을 다한다.

차츰차츰 언어에 익숙해지자 스토아학파나 키니코스학파 철학자인 양 담요 같은 싸구려 회색 외투로 몸을 감싸고 때에 따라 달라지는 안내자와 통역자와 함께 아테네, 스파르

---

* 로엡 고전 총서Loeb Classical Library는 미국인 실업가 제임스 로엡이 1912년부터 편찬한 그리스어와 라틴어 고전 총서로, 1933년 그가 죽으면서 하버드대에 기증한 이래 하버드대 출판부에서 출간하고 있다.

타, 코린토스 등 중심 도시는 물론 레스보스, 크레타, 시칠리아까지 멀리 구경 나간다.

현대 여행자는 아크로폴리스에서 파르테논 신전이든 디오니소스 극장이든 올림피아 경기장이든 죄다 폐허를 바라본다. 반면 나는 타임머신 덕분에 옛날 그대로 웅장하고 화려한 건물을 마주한다. 파르테논을 장식한 조각은 결코 팔이 부러지거나 코가 깨져 있지 않고, 극장에서는 장막 뒤 아이스킬로스가 외쳐대는 고함이 들려오고, 경기장에서는 벌거벗은 우승자를 둘러싼 군중 사이로 핀다로스가 읊조리는 장엄한 찬가가 울려 퍼진다.

아고라(광장)를 돌아다니면 햇볕 쬐는 시노페의 디오게네스 할아버지와 만나고, 챙 넓은 모자를 의기양양 어깨에 걸친 채 케이프 코트 자락을 바람에 휘날리며 씩씩하게 걸어가는 청년과 엇갈린다. 때론 가게 앞에 멈춰 갓 구운 적색 그리스도자기에 새겨진 싱그럽고 아름다운 무늬를 감상한다.

아니, 그뿐만이랴. 타임머신 버튼을 눌러 아주 먼 옛날로 거슬러 올라가서 헤파이스토스가 망치를 두드리는 대장간에 숨어들어 고금에 다시없는 명작 아킬레우스 방패 문양을 훔쳐본다. 거기서 다시 시대를 앞으로 돌려 시칠리아 해안 어디쯤 시인 테오크리토스가 사는 목장을 찾아가 검푸른 하늘에 메아리치는 목동의 사랑스러운 노랫소리를 듣는다.

이제 겨우 이름난 명소를 대충 훑어봤을 뿐, 고대 그리스 풍경의 1퍼센트도 구경하지 못했다. 둘러보면 둘러볼수록 재미있다. 평소 싫증 잘 내는 편인데도 한동안 장거리 여행을 계속하지 싶다.

나의 스무 살

하야시 후미코 林芙美子

1903년 후쿠오카현 출생. 어린 시절부터 행상하는 부모를 따라 여러 지방을 떠돌아다녔다. 1922년 학교 졸업 후 도쿄로 올라와 사무원, 여급 등으로 생계를 이어가며 책을 읽고 그림을 그렸다. 1930년 자기 경험을 일기체로 고백한 『방랑기』로 인기 작가가 됐다. 그 인세로 1931년 11월 혼자 유럽으로 여행을 갔다 이듬해 돌아와 1933년 『삼등여행기』를 펴냈다. 1935년 사소설적 소설에서 벗어난 단편 「굴」을 발표하며 문단의 인정을 받았다. 이후 여성 자립과 사회문제를 파고드는 작품을 꾸준히 선보인 결과 1948년 여류문학자상을 수상했다. 1951년 6월 28일 마흔여덟 실에 심장마비로 생을 마감했다. 「나의 스무 살」은 1936년 4월 출간된 『문학적 단장』에 실린 글이다.

스무 살 무렵, 나의 정신세계는 아직 종잡을 수 없이 막막하기만 했다. 퍽 미숙한 인생이었던 탓에 걸핏하면 화를 내거나 눈물을 흘렸다. 스무 살짜리 여자아이를 두고 예술이 어쩌고저쩌고하는 것이 건방지지만, 스무 살에게 스무 살만이 가진 예술 감성이 있다고 해도 나는 예술보다 먹고사는 일에 더 전념했다.

스물한 살에 앙드레 지드가 쓴 『배덕자』를 읽고 그해는 이리 휘청 저리 휘청이며 살았다. 지드를 쭉 접하면서 글쓰기가 제법 쉽게 느껴졌던 걸까, 그때부터 마음을 달래고 위안을 얻으려 일기를 쓰기 시작했다. 몇 년 뒤 그 일기를 모아 소설 형식으로 다듬어 '방랑기'라는 제목으로 출간했고, 이후로도 줄곧 일기를 써왔다. 돌이켜보니 매우 도움이 됐지 싶다. 그즈음 작가가 될 줄은 꿈에도 생각지 못했다. 그저 날마다 일기 쓰기가 정말 즐거웠고, 책 읽기란 감정이 다독여져 눈물이 나오면 그만이었다.

보들레르, 랭보, 휘트먼, 하이네가 지은 시에 푹 빠져 지냈다. 아무 책이나 닥치는 대로 마구 읽었다. 무질서한 독서였다. 체호프나 푸시킨이 쓴 작품도 알게 됐다. 늘 일하며 살아온 까닭인지, 이른바 대작이라 불리는 장편소설은 어쩐지 답답한 기분이 들어 개운치 않았다. 요코미쓰 리이치 같은 생기발랄한 신감각파 작품보다 가노 사쿠지로*의 작품을 즐겼다. 탁상 예술파보다 체험 예술파에 마음이 끌렸다. 가사이 젠조가 쓴 사소설을 탐욕스레 읽어댔다.

문장 기교는 역시 시가 나오야가 제일이라 그의 소설을 좋아했다. 무심한 듯한 풍격을 사랑했다. 주인공이 나랑 비슷한 처지라서 단편 「어린 점원의 신」은 오랫동안 머릿속에 남았다. 내게도 그런 별난 사람이 찾아와서 초밥을 배불리 먹여주면 좋을 텐데, 상상했다.

무엇이 될까, 무엇을 할까, 생각 따윈 없었다. 여자라는 한계 때문일까. 부모와 멀리 떨어져 도시 한구석에서 일하던 신세라, 그 시절 무얼 고민하며 살았는지 전혀 기억나지 않는다. 딱히 연애도 안 했던 것 같은데. 다만 너무 외로운 생활을 보냈다는 사실만 일기에 꽤나 소녀다운 문장으로 쓰여 있어 읽을 적마다 절로 웃음이 난다.

한번은 이렇게 아무에게도 사랑받지 못하는 인생이 시시해져 그동안 받은 월급을 그러모아 우에노역에 가서 무작정 아무 표나 끊고 이바라키현 하구로라는 곳으로 여행을 간 적이 있다. 스무 살 나는 무척 고독했던 모양이다. 친구 한

* 가노 사쿠지로(加能作次郎 1885~1941) 소설가이자 평론가로 자연주의 문학을 바탕으로 인정미 넘치는 사소설을 주로 발표했다.

명 사귀지 않은 채 책만 읽으면 시간을 보냈다. 스무 살 때 기억은 확실하지 않은 것뿐이다. 인생에 대해 아무런 신념조차 없었다. 오직 그림과 음악이 참 좋았다. 그림은 몇 번인가 작은 전람회에 내보기도 했는데, 가난해서 그림 도구를 제대로 갖추지 못해서인지 색이 너무 지저분했다. 언제나 낙선의 쓴맛을 맛봤다. 처음 떨어진 게 열여덟 살이던가. 이후 사오 년이나 그 짓을 계속했다. 정말이지, 작가가 되리라고는 꿈에도 몰랐다.

" 성서나 『겐지 이야기』에는

소리가 없다.

완벽한 무음의 세계다. "

소리에 대해

다자이 오사무太宰治

다자이 오사무는 어린 시절 바쁜 부모를 대신해 자신을 돌봐주던 숙모가 해주는 옛날이야기를 들으며 자랐고, 다섯 살에 글을 읽을 줄 알게 되면서 책읽기에 몰두했다. 중학교에 입학한 후 친구들과 동인지를 만들고 작품을 발표하며 작가로서의 삶에 뜻을 두었다. 중·고등학교를 통틀어 소설, 희곡, 수필 등을 합쳐 200편에 이르는 글을 습작했으며, 아쿠타가와 류노스케, 이즈미 교카, 이부세 마스지의 문학에 심취했다. 특히 이부세 마스지의 「도롱뇽」을 읽고 흥분할 정도로 감동받아 후에 이부세 마스지의 문하에 들어갔다. 「소리에 대해」는 1937년 1월 20일 와세다대학신문에 실린 글이다.

책을 읽다가 글자에 표현된 어떤 소리가 귀에 달라붙어 언제까지나 떨어지지 않은 적이 있는가. 『오셀로』였나 아니면 다른 비극이었나. 찾아보면 금방 알겠지만, 지금은 다 귀찮으니 어쨌든 셰익스피어 작품 가운데 하나임이 분명하다고만 해두자.

극 속 살해 장면, 침실에서 몰래 여자를 목 졸라 죽이는 순간 주인공도 나도 후유, 무거운 한숨. 이마에 흐르는 진땀을 닦으려고 우리가 경직된 손가락을 꿈틀 움직인 그때, '똑똑' 방 밖에서 누군가 문을 두드린다. 주인공은 겁에 질린 나머지 펄쩍 뛰어오른다. 노크는 무심하게 이어진다. 똑똑, 똑똑. 주인공이 그 자리에서 미쳐버렸는지 어쨌는지, 그 뒤 줄거리는 잊고 말았다.

사이토 료쿠의 「기름지옥」, 불량배인 요헤이인가 하는 젊은 남자가 어쩌다 그만 여자를 잔인하게 죽여버리고 그 자리에 멍하니 서 있다. 계절은 마침 5월. 마을은 단오절을 맞아 집집이 처마 끝 잉어 모양 드리개가 세찬 바람에 '파닥파닥, 파닥파닥' 펄럭이는 소리가 들린다. 그게 외롭고 처량해서 요헤이가 가엾기 그지없었다. 이하라 사이카쿠의 『호색오인녀』, 주인공 오시치가 밤중에 좋아하는 기치로가 사는 절에 큰맘 먹고 몰래 들어가다가 방울이 발에 채어 '딸랑딸랑' 크게 울린다. 옆방에서 자던 동자승이 잠에서 깨어 아니, 아가씨는, 이라고 외치자 오시치가 갑자기 두 손을 모으고 봐달라고 비는 대목이 있던 것 같다. 생각지 못한 방울 소리에 읽는 이 모두 깜짝 놀랐을 게 틀림없다.

아직 아무도 번역하지 않은 『professor』라는 소설. 작가는 여성으로 또 다른 장편이 한 출판사에서 문고본으로 나와 일본에 이름이 알려졌는데, 이름도 제목도 출판사도 당장은 기억나지 않는다. 이 또한 찾아보면 금세 알겠지만 지금은 필요성을 못 느낀다. 어느 시골 여학교에서 일어난 사건을 다룬 작품이라 방과 후 사람 한 명 없는 텅 빈 교사, 저물녘 어스레한 음악 교실에 남자 선생이 주인공인 애달프게 아름다운 여자와 단둘이 앉아 소곤소곤 세상일을 이야기하는 장면이 나온다. 그때 가을바람이 아무도 없는 복도를 휙 스쳐 지나가고 어디선가 멀리서 문이 '쾅' 소리를 낸다. 이윽고 다시 죽은 듯이 고요해지는 순간, 독자는 무심코 일상생활의 쓸쓸함을 깨닫고 몸서리친다.

같은 문소리라도 아주 다른 효과를 내기도 한다. 역시 작가 이름은 잊어버렸다. 영국의 여성 작가였던 것만은 기억난다. 「랜턴」이란 단편소설로 매우 난삽한 문장이라 끝까지 읽지는 못했다. 온 영혼을 기울여 엮어낸 문장이리라. 빈민가 낡아빠진 아파트, 대낮, 누런 흙먼지, 떠들썩한 아이들, 양동이 물도 금세 미지근해지는 불더위. 그 아파트에 사는 가련한 주인공이 참을 수 없는 초조함과 서글픔에 몸부림치며 괴로워한다. 옆방에서 너무 빨리 돌아가는 싸구려 축음기가 '끼익, 끼익' 악을 쓴다. 나는 거기까지 읽고 숨이 끊어질 듯이 헐떡였다.

주인공은 비틀비틀 일어나 블라인드를 걷어 올린다. 쨍쨍 내리쬐는 햇볕, 자욱한 누런 흙먼지, 메마른 칼바람이 '쾅' 하고 출입문을 열어젖힌다. 이어서 근처 문이 '탕탕, 탕탕' 열 번이고 스무 번이고 끝없이 열렸다 닫혔다 한다. 먼지투성이 걸레로 내 얼굴을 거꾸로 문지르는 듯한 느낌이 들었다. 모두 깊은 잠에 빠질 즈음 서른 살 정도 된 주인공이 랜턴을 들고 썩어가는 복도 널빤지를 터벅터벅 걸어 다니는데, 당장이라도 어딘가에서 느닷없이 무거운 문이 쾅 하고 엄청나게 큰 소리를 내며 닫히지 않을까 싶어 조마조마했다. 『율리시스』에도 갖가지 소리가 잔뜩 담겨 있었다.

소리의 효과적인 적용은 서민문학, 이른바 서민을 주인공으로 해서 당시 세태를 묘사한 소설에 많다. 원래 상스러운 것이야말로 한층 부끄럽고 애처로운 법이다. 성서나 『겐지 이야기』에는 소리가 없다. 완벽한 무음의 세계다.

사전의 객관성

미키 기요시三木清

1897년 효고현 출생. 1917년 교토대 철학과에 입학, 졸업 후 1922년부터 3년간 프랑스와 독일에서 유학했다. 1925년 귀국해 호세이대 철학과 교수로 재직하며 『파스칼에서의 인간 연구』를 펴내 일본 철학계에 충격을 던졌다. 1930년 일본공산당을 도왔다는 이유로 검거되어 교단에서 물러났다. 1932년 『역사철학』 등 철학서를 다수 발표하는 한편 중일전쟁 이후에는 초국가주의적 정책을 비판했다. 『철학입문』, 『인생론 노트』를 출간해 젊은 독자층의 환영을 받았으나, 1944년 치안유지법 위반으로 다시 체포돼 수감 생활을 하다가 1945년 9월 26일 마흔여덟 살에 옥사했다.

「사전의 객관성」은 1940년 5월 잡지 『학등』에 실린 글이다.

볼테르의 『철학사전』을 산 곳은 '다이코쿠야'라는 책방이었다. 교토호텔 앞에 있던 서양 도서 전문점으로 호텔에 오는 외국인이 주된 손님이었는데 지금은 문을 닫은 모양이다. 당시 교토에서 양서를 파는 서점은 마루젠과 이곳 두 집뿐이라 학창 시절에 가끔 눈요기하러 들르곤 했다.

『철학사전』도 어느 날 책 구경을 갔다가 발견했다. 처음 책을 손에 들었을 때 '볼테르'와 '철학사전'이라니, 잘 연결이 안 됐다. 볼테르가 사전을 편찬했을 줄 꿈에도 몰랐고, 내용도 언뜻 보기에 보통 사전이 아니었기 때문이다. 당시 프랑스 역사나 철학 관련 지식이 매우 빈약했던지라 반신반의하며 어쨌든 '플라마리온 총서'* 중 한 권이란 믿음에 사들고 집으로 돌아왔다. 지금 생각하면 창피할 따름이다.

프랑스어를 잘하지 못하던 나는 어학 공부 차원에서 모르는 단어는 사전에서 뜻을 찾아가며 오랜 시간 걸려 대충 책을 읽었다. 그때부터다. 사전에 대한 내 관념이 바뀐 것은. 사전이란 단어 뜻을 모를 때 펼쳐보는 책이니만큼 기술이 객관적이라 필자의 사견 따위는 들어가지 않는다고 생각했다. 볼테르의 『철학사전』은 전혀 반대였다. 항목은 그의 입

---

* 프랑스 플라마리온Flammarion 출판사가 발간하는 총서로 문학, 철학, 천문학 분야가 유명하다.

장에서 지극히 주관적으로 선정했고 내용은 자신의 철학적 견해를 바탕으로 자유롭게 기술했다. 그 후 도쿄로 이사하고 나서 얼마 지나지 않아 교토에 간 김에 마루젠에 들렀는데 이 책 영문판이 있었다. 뭔가 묘한 인연처럼 느껴졌다.

사전은 '찾는' 책이지 '읽는' 책이 아니라는 게 통념이다. 하지만 나는 지금 생각을 바꿔 사전은 읽는 책이며, 게다가 세상에 존재하는 책 가운데 어쩌면 최고의 읽을거리에 속한다고 믿는다. 일에 지치거나 심심하고 따분할 때 사전을 읽으면 더없이 즐겁다. 크기나 두께는 상관없다. 그때그때 심리 상태에 따라 적당한 사전을 책장에서 꺼낸다. 어학사전도 재미있는 읽을거리다.

고등학생 때 구로야나기 가이슈 선생*에게 영어를 배웠다. 선생은 숙제를 내주며 반드시 웹스터나 센추리 같은 커다란 사전으로 단어 뜻을 찾아오라고 시켰다. 사전을 뒤져 단어 하나하나 뜻을 알아내는 일은 귀찮기 그지없었다. 게다가 아무도 그런 비싼 사전을 갖고 있지 않았다. 하는 수 없이 학교 도서관을 드나들었다. 작은 영일사전으로도 충분

* 구로야나기 가이슈(畔柳芥舟 1871~1923) 영문학자로 『대영일사전』, 『대영문법』을 편찬하는 한편 고등학교에서 아쿠타가와 류노스케, 구메 마사오 등을 가르쳤다.

한데 일부러 웹스터나 센추리로 찾아보라니 너무 잘난 체하는 거 아니야, 라고 투덜거리면서. 만약 그때 사전이 읽을거리임을 알았다면 얼마나 많은 보탬이 됐을까.

지난가을, 헌책방에서 피에르 벨의 『역사비평사전』을 손에 넣었다. 세 권으로 이루어진 전집으로 1702년에 발행된 제2판이다. 1722년에 모자란 내용을 보태 증보판이 따로 나오기도 했다. 전자는 로테르담에서, 후자는 제네바에서 출간됐다. 『역사비평사전』 제1판은 1695년에서 1697년 사이에 출판됐다. 볼테르의 『철학사전』이 1764년 발행이니, 내가 가진 제2판만 해도 훨씬 오래된 셈이다. 피에르 벨은 프랑스 계몽시대의 비평가이자 철학자로 후에 로테르담대학 교수로 활동한 데카르트 학파다.

이 『역사비평사전』은 어디에서 어떻게 일본으로 건너왔을까? 어쩌면 나가사키에 머물던 선교사가 가져온 게 아닐까, 상상한다. 한가한 시간에 읽어보니 벨의 『역사비평사전』역시 저자의 흥미로운 사상이 담겨 있다. 읽을거리로서의 재미는 물론 필자가 자유롭게 쓴 주관적 견해가 돋보이는 사전이다.

사전의 역사를 자세히 알지 못하지만 현대 사전은 객관성을 목표로 발전해온 모양이다. 사전으로서는 확실히 진보를 거듭했다. 기술 방식도 사전에 맞는 기본 틀이 만들어져 정확성과 간결성을 높였다. 대신 내용이 무미건조해졌다. 편리하긴 해도 깊이와 개성이 부족하다. 학문적으로 요즘 사전은 연구라기보다 학계 통념을 요약한 서술이 주를 이룬다.

물론 이런 사전도 필요하다. 하지만 객관적 사전은 교과서와 비슷하다. 전문으로 연구하는 학과에서는 의외로 이런 사전은 도움이 되지 않는다. 일반적으로 다른 분야 사전을 읽으면 유익하단 생각이 든다. 이는 내가 그 분야를 잘 모르기 때문이다. 설령 객관적 사전을 통해 지식을 얻더라도 뭣보다 재미있지 않다. 당장 필요해서 뒤지긴 하는데 오랫동안 쭉 읽진 않는다. 게다가 사전의 정확성도 꽤 어려운 문제다. 신문 기사를 예로 들면, 나에 관한 사건은 대개 어딘가 잘못되었다고 느끼지만 타인의 기사는 전부 정확한 것처럼 느낀다. 사전 또한 같은 착각을 일으키기 쉽다.

사전의 객관성은 일견 간단해 보이지만 사실 복잡하다. 어학이나 자연과학 사전은 어찌어찌 객관적 기준을 정한다고 해도 사회과학, 나아가 철학이 되면 상당이 어렵다. 그 결과 단순히 학술어 설명에 그치거나 여러 학설을 단지 형식적으로 분류해 보여주기만 한다. 겉으론 사전이 객관성을 지켰을지 몰라도 그게 진정한 객관성인지 아닌지, 인식론적으로 까다롭게 평가하면 갖가지 문제가 생긴다.

특히 다수의 집필자에게 의뢰하여 사전을 편찬하는 경우, 통일성을 위해 각 집필자는 자기 견해는 버리고 문구 해석, 학설 분류 정도에 그치기에 특성 없는 사전이 되어버린다. 통일성이 중요하다면 한 사람이 모든 항목을 쓴다든가 어느 일정 학파에 속하는 사람만이 집필한다든가 하면 되지 싶다. 그러면 객관성은 다소 사라지겠지만 좀 더 흥미롭고 유익한 사전이 완성되리라. 바로 변증법적 유물론을 바탕으로 편찬된 『소비에트 대백과사전』처럼 말이다.

학자 다수가 참여하는 사전은 항목마다 자기 이름을 기입해 책임을 밝히는 게 보통이다. 아쉽게도 현재 일본에서 나오는 사전은 대부분 집필자 서명이 없어도 될 만큼 독자적인 견해가 적혀 있지 않다. 거의 모든 사전이 객관성을 목표로 쓰여 있다. 반면 외국 사전은 서명이 다른 장이 저마다 어엿한 하나의 논문으로 연구 가치가 높은 편이다. 모처럼 자기 이름을 밝히는 이상 사전적 객관성을 넘는 원고를 써도 좋겠다. 일본에도 객관성을 목표로 한 사전 말고도 주관이 담긴 사전이 출간되길 바란다. 사전을 읽을거리로 생각하는 나 같은 사람들이 제법 많을 테니.

볼테르의 『철학사전』 역시 사전이다. 토마스 아퀴나스의

『신학대전』도 사전으로 볼 수 있고, 헤겔의 『엔치클로페디』도 어떤 의미에서 사전이라 할 수 있다. 개론서나 입문서를 일반 형태가 아니라 사전 형태로 써보는 것도 재미있지 않을까. 사전이 지닌 계몽적 의의는 크다. 프랑스 백과전서파* 같은 사상가 단체가 생겨난 것도 의미가 없진 않다. 요즘 들어 이따금 벨의 『역사비평사전』을 들춰보는 차에 사전에 대한 감상을 여기에 적어둔다.

---

* 18세기 프랑스 계몽주의 시대에 『백과전서』 집필과 간행에 참가했던 사상가들을 일컫는다.

" 일에 지치거나 심심하고 따분할 때

사전을 읽으면 더없이 즐겁다.

크기나 두께는 상관없다.

그때그때 심리 상태에 따라

적당한 사전을 책장에서 꺼낸다. "

미키 기요시

책 이야기

아쿠타가와 류노스케 芥川龍之介

아쿠타가와 류노스케는 태어난 지 7개월 만에 어머니의 정신병으로 외가에
맡겨졌다. 외가는 대대로 차와 관련된 일을 했던 집안으로 전통적인 색채가
짙은 가풍이었는데 방대한 장서를 보유하고 있어 어린 시절부터 갖가지 책을
접했다. 맨 처음 소설다운 소설을 읽은 건 이즈미 교카의 작품, 그 후 집 근처
책 대여점에서 『서유기』와 『수호지』 같은 고전은 물론 나쓰메 소세키, 모리
오가이, 입센, 모파상 등의 책을 닥치는 대로 빌려 탐독했다.
「책 이야기」는 1922년 5월 출간된 『점심』에 실린 글이다.

『각국 연극사』

좋아하는 책 이야기를 조금 써볼까 한다. 내가 가진 양장본 가운데 이상한 연극사 한 권이 있다. 1884년 1월 16일 출간된 『각국 연극사』란 책으로, 저자는 도쿄 무사 가문 출신인 경시청 소속 경감 나가이 데쓰라는 사람이다. 첫 장에 찍힌 장서인으로 보건대 전에는 야담가 이시카와 잇코가 소장했던 모양이다. 서문에 이런 문장이 나온다.

연극은 한 나라의 산 역사이자 문맹도 쉽게 배우는 학문이다. 때문에 유럽 선진국에서는 지체 높은 관리나 귀족 모두 이를 존중한다. 또 연극이 융성해온 이유는 나희羅希의 유명한 학자가 나서서 개량을 꾀했기 때문이다. 그런데 우리 학자는 일찍부터 극을 멸시하며 제쳐둔 채 거들떠보지 않았기에 이를 기록한 책이 아직 많지 않다. 다시 말해 문화의 일부분이 빠져 있다. (중략) 이에 느낀 바 짬이 날 때마다 미국, 프랑스 등의 책을 펼쳐 읽으며 개요를 번역해 책자로 만들었다. 따라서 이를 '각국 연극사'라 이름 짓는다.

'나희의 유명한 학자'란 희랍(그리스)과 나마(로마)시대의

극시인이겠지 싶어 미소가 절로 나온다. 본문에 삽입된 동판화 세 장 가운데 '영국 배우 제프리가 움막 감옥에 갇힌 그림'이 있는데, 아무리 봐도 지하 감옥에 갇힌 무장 가게키요* 같다. 제프리란 물론 Geoffrey, 아서왕 전설을 완성한 몬머스의 제프리를 말할 테니 영국 고대 연극사를 좀 아는 사람이라면 이 또한 웃음을 참지 못하리라. 이어서 본문 한 구절을 옮겨본다.

1576년 엘리자베스 여왕 시대에 이르러 비로소 특별히 연극 흥행을 위해 블랙프라이어스사원에 딸린 쓸모없는 땅에 극장을 건립했다. 이것이 영국 정통 극장의 시조다. 영지는 레스터 백작의 소유로 제임스 버베지가 맡아 운영했다. 배우로는 윌리엄 셰익스피어라는 사람이 있다. 당시 열두 살 아이였지만 스트랫퍼드 학교에서 라틴어와 그리스어를 배워 졸업했다.

'배우로는 윌리엄 셰익스피어라는 사람'이라니! 이 한마디가 30여 년 전 일본 상황을 생생히 보여준다. 이 책은 희귀

---

* 헤이안시대 무장으로 동굴 감옥에 갇혔다 탈출한 일화가 유명해서 연극, 소설 등 다양한 장르에서 주인공으로 등장한다.

본도 뭣도 아니다. 하지만 왠지 귀여워 내다 버리기 힘들다.

예전에 호기심에 1880년대 소설을 쉰 권가량 모아봤다. 소설은 그저 그래도 당시 활자본은 요즘 책보다 오자가 적었다. 세상이 대체로 한가로웠던 덕도 있겠지만, 내게는 만든 이의 독실한 마음이 보인다. 오자라고 하니 생각난다. 언젠가 석판인쇄 한 당나라 왕건의 『궁사』를 읽었다. "어지수색춘래호御池水色春来好, 처처분류백옥거処処分流白玉渠, 밀주군왕지입월密奏君王知入月, 환인상반세군거喚人相伴洗裙裾"라는 시에서 '입월入月'이 '입용入用'으로 되어 있었다. 입월은 여성의 월경을 말한다(월경이라는 단어가 쓰인 시는 왕건의 시뿐일지도 모른다). 입용이라 하면 뜻을 알 수 없다. 이 실수를 본 뒤로 석인본은 영 믿음이 가지 않는다.

어째 이야기가 옆으로 샜는데 나가이 데쓰가 쓴 연극사 이전에 비슷한 책이 있었는지 없었는지는 여전히 의문이다. 의문이 든들 내 성격상 굳이 찾아볼 리 없기에 누군가 이 분야를 잘 아는 사람이 가르침을 주지 않을까 싶어 덧붙여본다.

『천로역정』

『The Pilgrim's Progress』의 한문판도 갖고 있다. 희

귀본은 아니지만 내게는 정겨운 책이다. 일문판도 '천로역정天路歷程'이란 제목인데, 아마 한문판을 따라 했지 싶다. 본문 번역이 꽤 정확하고 곳곳에 실린 시는 운율이 살아 있다. "노방생명수청류路旁生命水清流, 천로행인희잠류天路行人喜暫留, 백과기화공열악百果奇花供悅樂, 오제행득차포유吾儕幸得此埔遊" 대체로 이런 느낌이다. 흥미롭게도 동판화 삽화에 등장하는 사람이 모두 중국인이다. 'Beautiful'한 궁전에 다다르는 장면을 보면 중국풍 궁전 앞에 중국인 'Christian'이 걷는다.

청나라 동치 8년(1869) 상하이 화초서원에서 출판됐다. 서문에 쓰인 "함풍 3년(1853) 중국 땅에 그리스도 선교사가 오셔서 처음으로 번역하다"라는 문장으로 보아 이전에도 번역서가 있던 모양이다. 역자 이름은 없다. 올여름 베이징 빠다후통에 갔을 때 한 기녀의 책상 위에 한문 성경책이 놓여 있었다. 『천로역정』을 읽는 독자 중에도 그런 미인이 있었을지 모른다.

바이런의 시

존 머레이가 펴낸 1821년판 바이런 시집. 내용은 「사르다나팔로스」, 「두 명의 포스카리」, 「카인」 단 세 작품이다. 「카인」에 1821년 쓴 서문이 딸려 있으니 어쩌면 다른 두 비극과 함께 실린 초판본인지도 모른다. 한번 알아봐야지 하면서도 이제껏 미뤄뒀다. 바이런은 괴테에게 「사르다나팔로스」를, 스콧에게 「카인」을 바쳤다. 그들이 읽은 책도 내 장서처럼 인쇄 상태가 나빴을까, 이따금 누렇게 바랜 책장을 한 장 한 장 넘기며 생각한다.

이 시집을 선물한 사람은 해군학교 교수 도시마 사다 씨다. 해군학교 교사 시절, 그에게 난해한 영문을 묻거나 돈을 빌리는 등 꽤 신세를 졌다. 도시마 씨는 연어를 무척 좋아했다. 요즘도 매일 밤 술상에 생연어며 자반연어며 절임연어가 번갈아 올라오려나, 책장을 펼칠 때면 상상하곤 한다. 하지만 바이런을 떠올린 적은 없다. 가끔가다 생각나는 건 오륙년 전 『마제파』와 『돈주앙』을 읽다 만 채 둘 다 아직 끝내지 못했다는 사실뿐. 아무래도 나는 바이런과는 인연이 없는 중생인가 보다.

『은방울꽃』

이번에는 꿈 이야기다. 꿈에서 나는 조카와 함께 미쓰코시백화점 2층을 걷고 있었다. '서적'이란 팻말이 붙은 가판대에 사절판 책 한 권이 보였다. 누구 책인가 했더니 모리 오가이 선생의 『은방울꽃』*이었다. 앞에 선 채 대충 두세 장

넘기자 그리스 이야기 같은 소설이 나왔다. 문장은 순수한 일문이었다. '어쩌면 고가네이 기미코 여사가 번역했을지 몰라. 언젠가 『금고기관』을 읽다가 무라타 하루미가 쓴 『쓰쿠시부네 이야기』와 똑같은 이야기를 봤는데, 이 책의 원문은 뭐려나?' 꿈속에서 이런 생각을 했다.

맨 뒤를 보니 '와카 바세이 옮김'이라고 쓰여 있다. 앞쪽을 펼치니 이번에는 사진이 잔뜩 나왔다. 모두 모리 오가이 선생의 서화였다. 이름 모를 연꽃 그림과 '불이견서행不二見西行'이라 쓴 글씨였다. 사진 다음은 서간이었다. "아이가 죽어서 소설을 쓸 수 없다네. 관용을 베풀어주길"이라는 문장, 받는 사람은 소설가 하타 고이치 씨였다. 나가이 가후 선생한테 보낸 편지도 많았는데, 어찌 된 영문인지 수신인 이름이 죄다 '가후도荷風堂'**였다. '가후도라니, 이상한데. 모리 선생 같은 사람이.' 저런 생각도 했다.

그 순간 꿈에서 깼다. 나는 그날 『고잔도 시화』란 한시 논집에서 모리 오가이 선생이 쓴 글씨를 봤다. 또 하타 고이치

---

* 모리 오가이(森鷗外 1862~1922)의 작품집으로 자기 글 외에도 외국 단편을 번역해 실었는데, 그중 중국 작품을 여동생이자 시인 고가네이 기미코가 옮겼다.
** 일본에서 이름 뒤에 '堂'이 붙으면 별칭인데, 모리 오가이는 평소 별칭으로 사람을 부르지 않았다.

씨에게 담배를 한 갑 받았다. 그런 일이 어느새 꿈에 섞여 들어갔나 보다. 맥스 비어봄은 어느 글에 "가장 모으고 싶은 책은 소설 속 인물이 쓴 가공의 책"이라고 적었다. 나는 『신문국』* 초판보다 사절판 『은방울꽃』이 갖고 싶다. 이 책이야말로 손에 들어오면 내 첫 희귀본이 되리라.

* 영국 풍자화가이자 수필가인 맥스 비어봄의 단편집 『일곱 명의 남자』에 나오는 소설 제목.

또 다른 책 이야기

호리 다쓰오 堀辰雄

1904년 도쿄도 출생. 1925년 도쿄대 국문과에 입학, 동인지 『산누에』에 첫 소설 「단밤」을 발표했다. 스물네 살 때 흉막염으로 휴양지로 유명한 나가노현 가루이자와에서 요양하며 1930년 『개조』에 단편 「성가족」을 써서 호평받았다. 1936년 약혼녀를 잃은 경험을 바탕으로 순수한 사랑을 그려낸 『바람이 분다』를 연재하며 인기 작가가 됐다. 1938년 결혼해 안정을 찾고 집필 활동에 매진, 1941년 첫 장편 『나오코』로 중앙공론사문예상을 수상했다. 이후 수년간 가루이자와에서 요양 생활을 하면서도 창작 의욕을 불태우다가 1953년 5월 28일 마흔아홉 살에 폐결핵으로 사망했다.

「또 다른 책 이야기」는 1933년 2월 잡지 『책』에 실린 글이다.

꿈에서 본 책을 이야기하려 한다. 아쿠타가와 류노스케가 쓴 「책 이야기」라는 수필에도 꿈속에서 본 책 이야기가 나온다. 그 책이란 사절판 『은방울꽃』으로, 모리 오가이의 서예 사진과 서간이 실려 있다. 아쿠타가와는 "이 책이야말로 손에 들어오면 내 첫 희귀본이 되리라"며 갖고 싶어 한다. 나도 이제부터 이야기할, 꿈에서 본 두세 권을 손에 넣는다면 얼마나 좋을까.

몇 달 전에 꾼 꿈이다. 야시장이 선 어스름한 거리를 어슬렁어슬렁 걷고 있었다. 누군가와 함께였다. 아무래도 가와바타 야스나리였던 것 같다. 그러다 '10전 균일'이란 팻말이 붙은 노점상이 보였다. 헌책이 쭉 늘어선 가운데 얼핏 국반판 남짓한 작은 책이 눈에 띄었다. 예전에 신초사에서 나온 러시아 문학책 중 한 권인가, 무심코 집어 들고 보니 역시 도스토옙스키의 번역 소설이었다. 하지만 검은 책등에는 '마틴&마틴'이란 제목이 또렷이 적혀 있었다.

"음, 이런 소설이 있었나……."

이렇게 중얼거리며 가와바타 쪽을 쳐다보자 그가 가까이 와서 책을 들여다보더니 대수롭지 않게 말했다.

"이건 여우에 홀린 남자 이야기를 쓴 소설이야."

그 순간 꿈에서 깼다. '마틴&마틴'이란 소설 제목은 어쩐지 이상하다. 나는 그날 밤 잠자리에서 한 잡지를 읽다가 하루야마 유키오의 시집 광고를 봤다. 그 시집 제목이 '실크&밀크'였던지라 꿈속에서 '마틴&마틴'으로 수정된 모양이다. 또 이삼일 전 저녁에 우에노 히로코지 야시장에 갔다가 앙드레 지드가 쓴 『도스토옙스키론』 일문판을 발견했다. 가격은 15전쯤 했다. 사 갖고 가야지 했는데 어째서인지 결국 빈손으로 돌아왔다. 그 책에 아직 작은 미련이 남아 있었나 보다. 이 꿈을 꾸게 된 또 다른 원인이리라. 그건 그렇고 여우에 홀린 남자가 주인공이라는 도스토옙스키 소설을 한번 읽어보고 싶다.

이번에는 23년 전 꿈 이야기다. 확실치 않지만 대학교 문학부 강의실 안이었다. 주변에 많은 학생이 와자지껄 떠들며 교수가 오기를 기다렸다. 그러던 중 한 남학생이 다가와 양서 한 권을 내밀었다. 반들반들한 하얀 아트페이퍼 표지에 'P.O.P.'라는 가로문자만 적혀 있었다. 내가 '팝' 하고 웅얼거리자 그가 '피오피'라고 발음을 고쳐줬다. 여하튼 그 남학생의 말에 의하면, 영국 작가 가운데 요즘 가장 인기 있는 신진 작가가 쓴 소설이었다. 나는 책을 펼쳐서 한 구절을 대충 훑어봤다. 과연 이제껏 읽은 적 없는 기발하면서도 꽤 신선한 영문이었다.

꿈에서 깬 뒤에도 나는 조금 전 본 독특한 영문이 머릿속 어딘가에 아직 남은 듯해 떠올려보려 애썼다. 가까스로 생각해낸 글귀는 비참하게도 'gentleman, try and do three'라는 무슨 뜻인지조차 모르겠는 문장 파편과 'obac'라는 기묘한 단어. 맥이 빠졌다. 이래서는 빈약한 어학력만 드러날 뿐이었다. 하지만 꿈속 소설이 자아내던 묘한 싱그러움과 아름다움은 여전히 뇌리에 박혀 떠나질 않았다.

당시만 해도 요즘처럼 제임스 조이스의 『율리시스』가 유행하지 않았다. 그런데도 호기심에 덜컥 원서를 사서 한 줄도 읽지 않은 채 책장 깊숙이 처박아둔 탓에 이런 꿈을 꿨는지 모르겠다. 덧붙여 어렸을 적에 종종 청색사진을 복사하며 놀았는데, 그때 사용하는 인화지를 '피오피'라고 불렀던 것 같다.

마지막으로 10년 전쯤 꾼 꿈. 학생이던 나는 겨울방학 때 가나자와에 놀러 갔다. 마침 지진으로 인해 무로 사이세이 선생*이 고향에 내려와 계신 참이라 일주일가량 그 집에 머

---

* 무로 사이세이(室生犀星 1889~1962)는 소설가이자 시인으로 아쿠타가와 류노스케, 호리 다쓰오, 기쿠치 간 등과 같은 동네에 살며 친하게 지냈다. 이른바 '다바타 문인촌'을 이루며 매주 일요일 아쿠타가와의 서재에 모여 예술을 논하며 시간을 함께 보냈다.

물렀다. 매일같이 눈이 내려서 신기해하며 구경하던 어느 밤 꿈을 꾸었다.

꿈속에서 한 잡지에 실린 무로 선생이 쓴 소설을 읽었다. 잡지라 해도 무로 선생과 나 외에 몇 명이 모여 글을 쓰고 책자로 엮어 돌려 보는 회람잡지였다. 그러니까 무로 선생의 소설은 초벌 원고 그대로였다. 어떤 내용이었는지는 그만 잊어버렸지만, 제목은 워낙 괴상해서 아직도 똑똑히 기억한다. '빼빼쟁이'다.

얼마 전까지 '빼빼쟁이'란 아주 이상한 소설 제목일 뿐이었는데, 이제 겨우 그 의미를 깨달았다. 그 무렵 가나자와에 머물며 무로 선생이나 다른 사람과 함께 동인지를 펴낼 계획을 세우거나 선생 손에 이끌려 종종 골동품 가게에 다녔다. 어린 나에게 골동품은 영 따분했다. 뭐가 좋은지 안 좋은지 보는 눈도 없었기에 어디서 어떤 물건을 봤는지조차 잘 생각나지 않는다. 다만 전통 가면은 몇 개 봤던 것 같다.

그 가면에 '말라깽이'니 '애젊은이'니 '덥수룩이'니 하는 별칭이 붙어 있단 사실을 최근에야 알았다. 무로 선생의 소설 제목은 내가 골동품 가게에서 본 가면에서 떠올린 게 아닐까. 가면에 이름이 있는 줄 전혀 몰랐지만, 우연한 기회에 언뜻 눈을 스쳐 간 단어가 무의식 속에 잠재해 있다가 어느 순간 꿈속에서 발현된 게 틀림없다. 프로이트에 심취해서인지 몰라도 자신도 모르는 사이 일어나는 무의식적 행위가 나는 왠지 무섭다.

독서 잡감

오카모토 기도 岡本綺堂

1872년 도쿄도 출생. 1890년 도쿄니치니치신문에 입사해 기자로 일하면서 소설 「다카마쓰성」을 발표했다. 1902년 희곡 「금색 범고래로 소문난 높은 파도」가 가부키로 만들어져 성공을 거둔 뒤 극작가로 명성을 떨쳤다. 1913년 소설 창작에 전념하며 탐정물과 괴담물을 다수 선보였다. 1916년 셜록 홈스의 영향을 받아 에도시대를 배경으로 한 탐정소설 '한시치 체포록' 시리즈를 집필하기 시작했다. 이후 『세계괴담명작집』, 『중국괴기소설집』 등 동서양의 다양한 괴담을 엮은 책을 출간해 '괴기문학의 대가'로 불렸다. 1939년 3월 1일 예순일곱 살에 세상을 떠났다.

「독서 잡감」은 1933년 3월 잡지 『서책 전망』에 실린 글이다.

누가 뭐래도 요즘은 독자에게 행복한 시대다. 한 질이 1엔인 전집은 물론 가이조문고, 이와나미문고, 슌요도문고 같은 값싼 문고본이 쏟아져 나온 덕에 20전이나 30전이면 읽고 싶은 책을 자유로이 읽을 수 있으니. 아무리 생각해도 고마운 일이다.

일부 책 애호가는 염가판 같은 싸구려 책은 느낌이 좋지 않다고 한다. 일견 타당한 말이지만, 독서 취미가 보급된 시대에 돈이 없는 사람들에게 염가판은 확실히 필요하다. 또 작가로서도 호화로운 양장본을 내서 소수에게 읽히기보다 염가판을 내서 다수에게 읽히는 편이 좋다. 500명, 600명 독자보다 1만 명, 2만 명 독자가 있었으면 한다. 저자로서의 오랜 소망이다.

그렇다 해도 우리 젊은 시절에 비하면 요새 젊은이들은 확실히 복이 많다. 1872년생인 나는 열일곱, 열여덟 살(1888년, 1889년)부터 서른 살 전후(1901년, 1902년)까지가 책을 가장 많이 읽은 시기인데, 염가판 따위 없었다. 무엇보다 고서 복각본이 흔치 않았다. 고서를 읽으려면 무조건 에도시대 출간된 초판을 봐야 했다. 초판본은 부수도 적고 가격도 싸지 않다. 하여 간다에 있는 '미카와야규베'라는 헌책방에 종종 눈요기하러 갔다. 가난한 학생의 서글픔, 읽고 싶은 책이 보여도 쉽사리 사지 못했다. 돈만 있으면 나도 학자가 될 텐데, 어찌할 도리가 없었다.

당시엔 나뿐만 아니라 누구나 고서 초판본은 구하기 어려웠다. 게다가 값이 꽤 나가는 까닭에 이른바 '도서 열람'이 유행했다. 장서가 집에 들러붙어 책을 빌려 보는 식이었다. 장서가는 대부분 빌려주기는커녕 보여주지도 않으려는 경향이 강하다. 또 보여주기는 해도 절대 밖으로 가져가는 일은 허락하지 않는다. 그러니 남의 집에 눌러앉아 책을 읽을 수밖에.

일요일만 한가하던 나는 이곳저곳에서 소개받아 온종일 여러 집을 방문했다. 꽤 고된 일이었다. 본디 장서가라는 사람은 도쿄 한복판에 거의 살지 않는다. 대체로 교통이 불편한 변두리에 집이 있다. 전철 없는 시절에 혼고 고이시카와나 혼조 후카가와 부근까지 찾아가려면 왕복 시간만 해도 꽤 잡아먹었고, 그만큼 가장 중요한 독서 시간이 줄어들어 몹시 난감했다.

무엇보다 낯선 집에 주저앉아 천천히 독서하자니 민망했다. 장서가라고 해서 꼭 넓은 집에 살지 않는 법. 때론 1평짜리 현관에 앉아, 때론 멋들어진 객실에 들어가 책을 읽었다. 도시락을 싸 가지고 다녔는데, 변변히 차 한 잔 내주지 않는 집이 있는가 하면 차와 과자를 내놓더니 덤으로 장어덮밥까지 차려주는 집이 있다. 대우는 천차만별, 푸대접은 사소한 불평으로 끝나지만 너무나 후한 대접은 미안한 마음에 자주 가기가 꺼려진다. 홀대도 난처하고 환대도 난처하니, 아무래도 대응이 쉽지 않다.

틈틈이 우에노 도서관도 드나들었다. 물론 특별한 책을 읽으려면 장서가를 찾아가야 했다. 나는 홀대와 환대를 받아 가며 여기저기 바지런히 돌아다녔다. 읽는 것만으론 뭔가 부족할 때는 필요한 부분을 골라 베껴 썼다. 만년필 없던 시절이라 늘 필묵통과 괘지를 챙겼다. 그 추억이 담긴 발췌 서류철은 지난해 지진으로 모두 재가 되어버렸다.

다행히 그즈음 하쿠분칸에서 일본문학전서, 온지총서, 제국문고 같은 고전문학 전집을 펴냈다. 내게는 일종의 복음이었다. 주로 알려진 작품을 실은 탓에 그다지 진귀한 느낌은 없어도 곁에 둔다는 것만으로도 기쁘기 그지없었다. 이후 고서 복각본도 줄줄이 출간되고 내 주머니 사정도 좋아져 사고 싶은 책이 있으면 그럭저럭 사 모았다.

젊은 시절 경험한 독서의 괴로움은 여전히 뼛속까지 스며들어 잊히지 않는다. 때문에 표지나 싸개 같은 장정에는 별로 신경 쓰지 않는다. 무엇이든 싸게 사서 옆에 둔다, 이것이

제일이다. 예전에 필묵통과 괘지를 든 채 비바람을 무릅쓰고 장서가를 찾아가 열심히 필사한 고서는 이제 무슨무슨 문고로 펴내져 20전이나 30전 건네면 쉬이 손에 들어온다. 독서가에게는 참으로 행복한 일이다. 염가판이 좋다는 둥 나쁘다는 둥 다 복에 겨운 소리다.

하쿠분칸 말고도 당시 고서 복각본을 내준 출판사는 목적이 뭐였든 잊을 수 없는 은인이다. 그들은 이제 이 세상에 없을지도 모른다. 그 책들도 점점 사라져 지금은 헌책방 가판대에서도 보기 어렵다. 내가 제법 수집한 복각본 전집은 지난 지진 때 모조리 타버렸다. 안타까울 따름이다. 나는 비교적 운 좋은 사람이라 여태껏 딱히 불행한 일을 당한 적 없는데, 지진으로 오랜 세월 써온 일기와 잡기장, 원고 뭉치와 장서 전부를 잃고 말았다. 평생에 한 번 겪을 법한, 결코 되돌리지 못하는 재해였다. 그 한을 일일이 말하면 끝도 없다.

" 장서가라고 해서

꼭 넓은 집에 살지 않는 법.

때론 1평짜리 현관에 앉아,

때론 멋들어진 객실에 들어가

책을 읽었다. "

오카모토 기도

몸에 배다

가타야마 히로코 片山廣子

1878년 도쿄도 출생. 어린 시절부터 문학에 관심이 많아 도요에이와여학교에서 영문학을 공부했다. 1896년 졸업 후 가인으로 활동하는 한편 아일랜드문학에 심취해 버나드 쇼, 예이츠 등의 작품을 번역했다. 1910년부터 오이타구 마고메 근처에 살며 이웃 문인들과 '오모리 언덕 모임'을 열어 창작을 이어가던 중 1916년 가집 『물총새』를 출간해 호평받았다. 1948년 계간지 『생활의 수첩』을 통해 소소한 일상을 절제된 언어와 우아한 문체로 풀어낸 수필을발표해 인기를 끌었다. 만년에 낸 『등화절』이 1954년 일본에세이스트클럽상을 수상했다. 1957년 3월 19일 일흔아홉 살에 세상을 떠났다.

「몸에 배다」는 1953년 6월 출간된 『등화절』에 실린 글이다.

M부인은 열두세 살 무렵 학교에서 만난 친구로, 예나 지금이나 친하게 지내는 사이다. 그녀는 친정과 시댁 모두 꽤 넉넉한 편이라 취미로 여러 기예를 몸에 익혔다. 특히 다도나 노래 실력은 전문가 못지않다. 어느 날 그 친구가 말했다.

"나는 이제껏 갖가지 기술과 예술을 배워왔지만, 무엇보다 10대 때 익힌 거문고가 가장 몸에 밴 것 같아. 지금이야 집안일을 하느라 거문고 따윌 뜯을 시간조차 없지만. 근데 몇 년씩이나 거들떠보지 않아도 조금만 다시 연습하면 금세 생각나서 옛날처럼 멋지게 연주하지 싶어. 나이 들어 배운 것은 바지런히 쭉 해왔는데도 뭐랄까, 몸에 채 배지 않은 느낌이야."

차분한 마음씨를 지닌 그녀가 하는 말인 만큼 그럴지도 모르겠다고 생각했다.

나는 초등학교 시절부터 기숙사에 들어가 살았다. 열네댓 살이 되어서는 손수 방을 쓸고 닦았고, 열여섯 살에는 외국인 교사가 쓰는 방과 응접실을 청소했다. 일주일에 한 번씩 꼭 속옷과 양말도 빨아 널었다. 이 나이에 비교적 수월하게 청소나 빨래를 해치우는 건 10대에 배운 일이 몸에 밴 덕분이리라. 물론 친구처럼 뛰어난 재주는 아니지만.

졸업 전 1년 남짓 일주일에 세 번 급식 준비를 돕기도 했다. 나물을 무치고 조림을 하고, 일주일에 한 번은 외국인 교사를 위한 서양 음식을 만들었다. 하지만 재능이 없는지 아니면 벼락치기로 익힌 탓인지 요리 솜씨가 젬병이라, 제 손으로 음식을 차려 먹는 즐거움을 모른다. 어차피 주부 실격이긴 해도 이는 부엌일이 좋다느니 싫다느니, 손재주가 있느니 없느니 해서는 아니다. 주부로 살아온 긴 세월 동안 전쟁이 일어나기 전까지는 부엌일을 남에게 맡긴 채 하루 밥 세 끼 그럭저럭 먹었기 때문이다. 이제 와서 반찬 하나 제대로 만들지 못하는 자신의 무능을 후회해봤자 너무 늦었다.

요리나 빨래와는 계통이 완전 다른, 몸에 밴 물건이 하나 있다. 바로 '성경'이다. 더없이 친숙해서 어쩌면 내 체취의 일부분을 이루고 있을지도 모른다. 성경은 어릴 적부터 다니던 여학교가 미션스쿨이라서 정말 많이 읽었다.

일요일 오전이면 교회에 가서 목사 설교를 들었다. 설교에 앞서 성경을 낭독하고 그중 한 구절이 그날 설교 주제가 됐다. 교회가 아닌 학교에서는 주일학교라고 해서 영어 성경책으로 '구약 유대의 역사'를 배웠다. 교사가 어떻게 가르치냐에 따라 흥미로운 과목이었다. 게다가 시험을 안 봤다. 주중 월화목금 나흘은 오전 11시 반부터 12시까지 교장이 진행하는 '신약성서 연구'가 있었다. 연구라고 해봤자 교장 혼자 이야기하는 식이었다. 문학을 좋아하는 분이었기에 시인의 시나 셰익스피어 연극 대사까지 인용하며 무척 재미있게 가르쳤다. 다만 시험은 어지간히 답안을 잘 쓰지 않으면 위험했다. 성서 수업에서 낙제점을 받는 일은 미션스쿨에선 스캔들이나 다름없다.

의무나 도리가 아니라도 우리는 읽을 만한 책이 하나도 없을 때 으레 성경을 읽었다. 아무것도 읽지 않는 시간보다 뭐든지 읽는 시간이 즐거운 법이다. 손에 집히는 대로 책장을 펼쳐 이런 대목을 읽었어요, 하면 선생은 깜짝 놀라는 표정이긴 해도 아무 말도 하지 않았다. 여학생이란(아마 오늘날 그녀들도 그러하겠지만) 어떤 문제나 모르는 일에 흥미를 느끼기 마련이라, 우리는 두세 명끼리 모여 『레위기』 법률 부분을 읽으며 그 글에 담긴 인간사에 의문을 품곤 했다. '삼갈지어다'라는 말이 이럴 때 어울리겠다.

여하튼 오랜 시간 해온 성경 읽기가 삶에 뭔가 도움을 줬을까. 당연히 그만큼 젊었을 때 뿌려진 씨앗이라 어느덧 자라 몸과 마음에 열매를 맺었다. 몸가짐이며 마음가짐 외에도 때론 뜻밖에 작은 추억이 나를 웃게 했다.

전쟁이 끝난 후 쌀이 없어 집에서 남은 밀가루로 빵과 비스킷 비슷한 것을 구울 때였다. 밀가루에 버터를 아주 조금

넣어 섞으면서 버터 때문에 이렇게 부드러워졌네, 감탄하다가 구약성서에 나오는 예언자 엘리야와 가난한 과부가 생각났다.

포악한 왕 아합이 이스라엘을 다스리던 시대, 예언자 엘리야는 "이 땅에 앞으로 몇 해 동안 비는 물론 이슬조차 한 방울 내리지 않을 것"이라고 예언했다. 아합 왕은 어떻게든 이 예언자를 붙잡아 죽이려고 했지만 좀처럼 잡히지 않았다. 여호와의 말씀에 따라 엘리야는 호젓한 시골 어느 과부네로 몸을 숨겼다. 온 나라가 굶주림에 시달리는 가운데 가난한 과부가 사는 집에는 작은 통에 담긴 곡식 가루 한 움큼과 작은 병에 조금 남은 기름뿐이었다. 과부와 그의 아들은 그걸로 빵을 구워 엘리야에게 먹였다. 그 후 3년 동안 셋이 매일 빵을 구워 먹었지만 가루도 기름도 떨어지지 않았다.

학창 시절 읽은 기적의 곡식 가루와 기름 이야기. 옛날부터 그들은 곡식 가루에 기름을 섞어 빵을 구운 모양인데, 어느 나라로부터 배운 걸까. 훨씬 더 오래전부터 있던 여러 나라를 떠올려봤다. 머릿속에 음식 일화가 퐁퐁 피어나더니 마음은 이미 여기저기 놀러 다녔다.

오랜 시간 몸에 밴 것은 뭐가 됐든 사람에 색을 입히고 마

음에 힘을 더한다. 흔히 '떡은 떡집에서'라며 전문가의 중요
성을 말하지만, 평생 머리에 스미거나 손에 익은 것은 일상
생활에서 부지불식간에 나오는 법이다.

좋아하는 탐정소설

유메노 규사쿠 夢野久作

1889년 후쿠오카현 출생. 1911년 게이오대 문학과에 입학, 1915년 돌연 출가해 2년 남짓 나라와 교토에서 수행했다. 그러다 환속해 규슈일보에서 신문 기자로 일하며 르포르타주나 동화를 쓰기 시작했다. 1926년 「괴이한 북」으로 잡지 『신청년』 현상 공모에 입선한 이후 추리소설 창작에 매진했다. 1929년 발표한 「삽화의 기적」이 에도가와 란포에게 극찬받으며 괴기하면서도 환상인 작품을 쓰는 작가라는 명성을 얻었다. 1935년 구상에서 탈고까지 10년 넘게 걸려 완성한 장편 『도구라 마구라』를 출간, 일본 탐정소설 3대 기서로 인정받았다. 1936년 3월 11일 마흔일곱 살에 뇌출혈로 사망했다.

「좋아하는 탐정소설」은 1936년 1월 잡지 『월간 탐정』에 실린 글이다.

애독서를 운운하면 문학청년 티가 물씬 나지만, 사실 탐정소설에 한해 여전히 고참 문학청년이나 다름없으니 어쩔 수 없다. 쉰 살이 가까워지면서 정수리가 군데군데 벗어지는 나는 연애소설 따위는 시시해서 읽을 마음조차 들지 않는다. 탐정소설은 다르다. 잠자리에서 읽기 시작한 탐정소설에 흥분한 나머지 다음 날 아침까지 잠 한숨 못 잔 탓에 온종일 위가 아프고 입맛이 없어 모래 씹듯 밥 먹기 일쑤. 아내가 어이없어하는 것도 무리는 아니다. 지금 중학교에 다닌다면 틀림없이 낙제하리라.

이제껏 읽은 탐정소설 가운데 가장 좋아하는 작품은 에드거 앨런 포와 모리스 르블이 쓴 단편이다. 다른 작가 책은 읽는 동안은 재밌어도 나중에 다른 사람에게 에피소드를 들려줄 만큼 기억에 남지 않는다. 포와 르블의 마음에 든 작품은 우쭐거리며 주저리주저리 떠들 정도로 머리에 착 달라붙는다. 신기하기 짝이 없다. 기억에 새겨진 두 사람의 모든 글은 고스란히 내 철학이자 시자 예술이 되어버린 듯하다. 어째서 이토록 홀딱 반했는지 모르겠다.

포의 작품 가운데 「모르그 가의 살인」이나 「마리 로제의 수수께끼」 같은 추리물은 그다지 좋아하지 않는다. 몇 번인가 읽어보려 애써도 중간에 싫증 나서 그만 주저앉고 만다.

아무래도 본격 추리소설은 내 성미에 맞지 않는 모양이다. 물론 그쪽 글을 써보고 싶단 생각이 아예 없진 않다. 하지만 그나마 읽어줄 이가 나뿐일 것 같아 금세 펜을 내팽개치고 싶으니 난감할 따름이다.

내가 동경하는 건 '탐정다운 멋'이지 '탐정다운 맛'은 아닌 모양이다. 나만 그런지 모르지만 '본격'이 붙은 작품을 읽으면 음악을 이해하려고 피아노 구조며 원리며 이론 강의를 듣는 느낌이다. 또 '본격'이 붙은 작품을 쓰다 보면 피아노 구조며 조립 방법을 연구하는 기분이 들어 따분해 미치겠다. 누군가 그 '조립한다'라는 행위 자체가 재미있는 거라고 말한다면 뭐 어쩔 수 없다.

다만 나는 애당초 피아노 자체에 흥미가 없는 사람이다. 다소 음계가 다르더라도, 소리가 나쁘더라도 상관없다. 피아노를 연주하는 사람의 손과 솜씨에서 나오는 음률에 흥미가 생기는 천성이니. 이런 주장과 비유에 커다란 오류가 있을지 모르지만 이렇게 설명하는 편이 지금 심정에 가장 가깝다. 내 감성을 100퍼센트 만족시키는 작가가 바로 포와 레벨인 셈이다.

달밤 바다 한가운데서 소용돌이에 휘말려 죽을 뻔하다 살아남은 청년이 하룻밤 사이에 흰머리가 되어버린 이야기,

목 졸라 죽인 친구의 심장에 귀를 갖다 댄 뒤 박동 소리가 사라지자마자 마루 밑에 묻어두고는 밤에 꾸벅꾸벅 잠이 들려는 찰나 귓가에 달라붙은 것처럼 친구의 심장 박동 소리가 또렷이 들려와서 매일 잠을 이루지 못해 결국 미쳐버려 마룻장을 뜯어내기 시작한다…… 라는 이야기는 도저히 흥분을 참을 수 없다. 어쩐지 아무 물건이나 내동댕이치고 싶어진다.

레벨은 포의 직계 신경을 갖고 있다. 지금 막 큰돈을 던져준 사람이 투신자살해서 큰 소동이 일지만 "이런, 또 누군가 죽었나 보네!"라며 얼빠진 소리를 해대는 맹인 거지 이야기. 자신이 죽인 아내를 화장터로 보내기 전 겉으론 지난날을 아쉬워하는 척 눈물 흘리며 위로하러 온 친구와 함께 예전에 촬영한 필름을 현상하는데 갑자기 죽은 아내가 눈꺼풀을 움직여서 깜짝 놀라는 이야기, 나도 모르게 소름이 끼치고 발을 동동 구른다.

나는 포와 레벨의 공포, 전율의 아름다움을 마음속 깊이 찬탄한다. 일본에서는 에도가와 란포, 죠 마사유키가 그 직계를 이룬다. 미즈타니 준, 쓰노다 기쿠오, 구즈야마 지로도 그러한 공포미와 전율감을 노래한다. 이들 작가가 쓴 작품은 이유 없이 나를 감동시키기에 절로 감탄을 내뱉고 만다.

이런 감동과 감탄 때문에 사는 보람을 느낀다.

중세 이전은 가는 곳마다 전쟁이 벌어지는 공포와 전율의 시대였다. 그 시대 예술작품이 평화와 행복을 찬양하는 성향이 강한 이유다. 반면 현대는 행복과 안정의 시대다. 그러므로 예술작품에서 공포와 전율을 얻을 수밖에 없다, 라는 논리를 펴봤자 핑계일 뿐이다. 그냥 나는 공포미와 전율감을 사랑하는 애호가다. 누가 내가 이러는 이유를 설명해주면 좋으련만.

" 잠자리에서 읽기 시작한

탐정소설에 흥분한 나머지

다음 날 아침까지 잠 한숨 못 잔 탓에

온종일 위가 아프고 입맛이 없어

모래 씹듯 밥 먹기 일쑤. "

유메노 규사쿠

독서와 생활

마키노 신이치牧野信一

1896년 가나가와현 출생. 1914년 와세다대 영문과 입학, 1919년 단편 「손톱」을 발표해 극찬받았다. 1920년 『신소설』에 실린 「볼록거울」로 첫 원고료를 받은 뒤 고향으로 돌아와 전업 작가로 활동했다. 1924년 아버지가 갑작스레 죽자 「아버지를 파는 자식」을 『신초』에 발표했다. 어린 자신과 어머니를 버리고 자유로운 삶을 추구했던 아버지는 그에게 큰 상처였고, 이후 신경 쇠약에 시달렸다. 1930년 도쿄로 이사한 뒤에도 작품은 점점 어두워지고 우울증은 심해졌다. 결국 1936년 3월 24일 마흔 살에 고향 집에서 자살했다. 「독서와 생활」은 1930년 8월 29일부터 9월 1일에 걸쳐 지지신보에 실린 글이다.

친구 A가 방에 들어오더니 물었다.

"또 오사카에 다녀올 참인데 선물로 뭐 사다 줄까?"

"오늘 가는 거야?"

"그럴 생각이었는데 수영 경기를 보고 싶으니 내일 갈까 해. 그나저나 어디 안 갈래? 써니사이드업도 먹고 바에 들러 30분 정도 놀고……."

"그 사이에 댄스홀은 잊은 거야? 어디든지 따라가지. 근데 오사카는 비행기로?"

나는 막 읽기 시작한 스티븐슨의 『당나귀와 떠난 여행』 원서에 책갈피를 끼우고 나갈 채비를 했다.

"야호!"

친구는 익숙한 얼굴로 고개를 끄덕이다가 책상 위에 놓인 책을 집어 들었다.

"기특하게도 아주 오래된 책을 읽고 있군. 더 트래블 위드 어 동키라, 재밌어?"

"단어를 자꾸 까먹어서 말이야. 무턱대고 사전만 읽어대면 금방 질려버리거든. 이렇게라도 하지 않으면 점점 더 영어를 잊어버릴까 봐. 가끔가다 펼쳐서 조금씩 읽고 있는 참이라 언제 다 읽을지 몰라. 그 책 말고도 원서가 몇 권 더 있어. 이거 찔끔 저거 찔끔 읽다 보니 아직 죄다 절반도 채 못

봤어. 이른 봄부터, 아니 시골에서 살 때부터 늘 따라다니는 책이지."

"어이, 필그림스 프로그레스네."

할 일이 없어 심심해하던 친구는 방구석에 처박힌 책을 하나하나 끄집어내더니 제목을 중얼중얼 읽어댔다.

"무서우리만치 고지식한 학생이었네. 이런, 군데군데 밑줄까지 쳐놨잖아. 빨간 색연필인지 뭔지로. 이게 뭐야? 아하하! 로빈슨 표류기라니!"

나는 뭔가 검사받는 듯한 상황에 놓이면 괜히 얼굴이 화끈 달아오른다. 그래서 친구가 제목을 읊어대는 그 책들 속에 펼쳐지는 화려한 환상에 둘러싸여 자신조차 잊을 만큼 더없이 훌륭한 눈부신 영향을 받는 자신을 상상했다.

"라만차의 돈키호테가 있군, 이 녀석은 일본어 번역이네. 하긴 오죽 길어야지. 맙소사, 이건 또 뭐야? 그리스도교의 일곱 용사…… 아하하!"

그가 웃는 의미를 알 수 없어 멍하니 서 있었다. 퍼뜩 정신을 차려보니 친구는 책들을 끌어안은 채 내 얼굴을 뚫어져라 바라보는 참이었다.

"뭘 그렇게 쳐다봐?"

내가 귀찮기 짝이 없다는 듯 중얼거리자 그가 넌지시 물었다.

"펜싱 실력은 좀 늘었어?"

요즘 내가 한창 펜싱에 빠져 글을 쓰고 있음을 친구는 알고 있나 보다.

"도쿄에 오고부터는 그만뒀어. 전혀 못 했어. 어찌할 도리가 없지 않은가."

"역시 시골에서 진짜로 검투사 흉내를 내고 있었구나, 기가 막히는군. 참, 이런 책을 읽다 보면 반드시 장수할 거야."

이렇게 말하며 친구는 웃었다.

"바보 같은 생각에 빠져 마음이 우울해지면……"

시골에 있을 때 친구에게 종종 이런 편지를 보냈다. 나는 소설 한 구절인지 편지인지 구별하기 어려운 글을 친구에게 보내는 못된 버릇이 있다.

당장 겉옷을 벗어 던지고 셔츠 소매를 걷어 올린 뒤 한 자루의 칼을 벽에서 내리지 않고는 배길 수 없다. 그러고는 창문을 뚫고 뛰어나가 쏜살같이 뒷산 감귤나무 숲으로 달려간다. 저 밭을 빠져나가면 상수리나무 숲 앞 주변을 귤나무가 겹겹이 에워싼 자그마한 잔디밭이 있다는 사실을 자네는 알고 있겠지. 거기서 나는 누가 덤비지도 않는데 공기를 상대로 맹렬하게 활극을 펼친다. 아, 나란 남자는 바보 같은 생각만 하고 있군.

머릿속 갖가지 망상이 저마다 무서운 악마로 변해 눈앞에 나타난다. 사방팔방에서 나를 둘러싸고 결투를 청한다. 준비! 찌르기! 베기! 순식간에 악마들을 무찔러버린다. 온몸이 기분 좋게 땀으로 젖는다. 나는 검을 하늘로 치켜들고 가슴을 펴고 태양을 우러러보며 자랑스레 회심의 미소를 짓는다. 이윽고 물에 씻고 난 것처럼 산뜻하고 깨끗한 기분이 든다. 머릿속 바보 같은 생각은 어디론가 달아나고 휘파람을 불며 집으로 돌아온다.

이렇게 치열한 진검승부를 벌이지 않으면 뭘 해도 상쾌하고 차분한 기분을 느낄 수 없으니 큰일이 아닌가. 언제까지 여기에 있어야 하는가. 처음에는 하루에 한 번 저물녘 일어나는 발작이었다. 만약 손님이라도 있어 이야기를 나누다 보면 잊힐 만큼 가벼운 심적 현상이었다. 그것이 날이 갈수록 심해지더니 요즘은 친구와 대화하는 동안에도 발작이 일어나서 집중할 수가 없다.

이런, 잠깐 실례, 갑자기 배가 아프니 약 먹고 5분 정도 자고 올게. 금방 나을 거야. 그런 거짓말을 하고 때론 정말 배라도 아픈 듯이 괴로워하며 옆구리를 움켜잡고 일

그러진 얼굴로 방에 들어간다. 마치 도둑인 양 주위 기색을 살피며 허겁지겁 준비를 하고 득달같이 숲속 결투장으로 달려간다.

더욱 이상한 말을 하자면, 요즘은 예전과 같이 연전연승을 거두지 못하고 보기에도 두려운 악전고투를 거듭한다. 그래서 5분간 쉬고 온다, 는 핑계가 10분간이 되고 다시 15분간으로 바뀌어 아예 20분 정도 기다려줘, 라고 울적한 변명을 하고 잠적할 때가 적지 않다.

매번 나는 또렷한 찌르기를 당해 손목이 비틀리며 손에 쥔 칼을 떨어뜨린다. 눈 깜짝할 사이에 상대방 칼이 멋지게 심장을 꿰뚫어 비명을 지르거나 괴로움에 몸부림을 친다. 아무리 이쪽이 정신없이 쳐들어가도 적의 칼은 바람을 가르는 해적선처럼 더욱 순조롭게 날아온다. 이쪽은 점점 호흡이 가빠지고 어지러워 곧 기절해버린다. 조만간 이곳을 떠나 도쿄로 가서 새로운 용기를 기르지 않으면 안 되겠다.

지금은 그리스도교 이야기를 읽는데 악전고투의 날에 다쳐서 아직 성 제임스가 끝없는 연못가로 말을 달려간 대목까지밖에 도달하지 못했다. 저 악마들 이름은, 『악마의 사전』이란 책이 있으니 이제부터 거기서 인용해

적당히 부르리라.

며칠 후 오사카에서 친구가 보낸 편지가 도착했다.

"적어도 그녀라고 칭송받아 마땅한 당나귀를 때리는 짓은 언어도단이다, 나는 영국 신사의 명예를 걸고 그녀를 주인으로부터 샀다, 라는 대목부터 여행자가 다음 마을에 이르러 가시 달린 몽둥이를 주문하는 대목까지 『당나귀와 떠난 여행』을 비행기 안에서 읽었지만. 네가 밑줄 친 부분만 재미있었어."

나는 어디에 밑줄을 그었는지 잊어버렸다. 주인공인 영국 신사가 처음에는 상냥한 마음을 품고 그녀를 데리고 여행을 떠나는데 얼마 안 가 당나귀는 움직이지 않는다. 가까이 다가가서 팔을 들어 일격을 가하자 대여섯 걸음 걸어가다가 돌연 멈춰버린다. 또 한 방, 대여섯 걸음…… 신사는 화가 머리끝까지 치밀어 명예고 뭐고 다 잊고 온 힘을 모아 때린다, 걷어찬다, 소리친다. 뭘 위해 온 여행인지 모르겠다, 슬프다. 다음 마을에 다다르기 전에 밤이 되어버린다. 신사는 팔이 저려서 더는 채찍질도 못 한다.

이튿날 신사는 마을에 도착하자마자 전 주인이 갖고 있던 가시 달린 막대기를 만들러 목공소를 찾아간다. 생각보다 막대기가 너무 비싸다. 깜짝 놀라 목공에게 값 좀 깎아달라고 애원한다. 이미 여행자의 처지를 꿰뚫어 본 무정한 장인은 거절한다. 신사는 마지못해 제값을 주고 막대기를 산다. 이 때문에 마을 사람들은 신사를 탐탁지 않게 여긴다. 신사는 동도 트기 전에 서둘러 마을을 떠난다. 하지만 당나귀는 가시 달린 막대기로 때려도 결코 쉽게 걷지 않는다. 피부가 찢어지고 피가 흘러도.

이것이 『당나귀와 떠난 여행』의 발단이자 내가 읽은 부분이다. 제목을 보면 영국 신사는 그녀를 데리고 마지막까지 여행을 계속했지 싶다. 얼마나 고달팠을지 상상된다.

수중에 없으니 갑자기 그 뒤가 궁금해 읽고 싶다. 하지만 친구가 가져갔기에 마침 편지가 온 그날 아침에 펼치다 만 존 번연의 『천로역정』 원서의 '아름다운 집' 장을 읽어간다. 모세의 지팡이, 야엘이 시스라를 죽일 때 썼던 망치, 기드온이 미디안 군대를 무찌른 때 사용한 램프, 다윗이 가드의 골리앗을 죽인 돌 등을 보고 이어 무서운 '허영 도시' 장으로 빨려 들어간다.

집 마당에 이미 가을벌레가 울기 시작한다. 경기장에서 시네마로, 술집으로 그리고 댄스홀로. 오늘도 향락의 거리를 전속력으로 둘러보고 온 후다. 이른바 모던라이프의 스피드 생활은 더없이 유쾌하다. 있으면 있는 대로 향락을 즐긴다. 방으로 돌아가서 창작의 붓을 잡지 않는 동안에는 '당나귀를 데리고 여행'하며 땀을 흘리고, '허영 도시'에서 전투를 벌이고, '끝없는 연못'에 머문다. 또 '무인도에 표류'하고 '풍차와 싸운다.'

그렇게 나는 상상의 세계를 가로질러 달려가다 천지를 관통하는 벼락을 맞고 기절한다. 공상과 생활이 가득 찬 팬터마임 무지개를 그리며 잠에 든다. 어쨌든 새로운 소설보다 고전이 더 재미있다. 나의 독서는 단순히 오락이 목적이다.

" 무서우리만치 고지식한 학생이었네.

이런, 군데군데 밑줄까지 쳐놨잖아.

빨간 색연필인지 뭔지로.

이게 뭐야? 아하하!

로빈슨 표류기라니! "

마키노 신이치

4장, 친애하는 문구에게.

나와 만년필

나쓰메 소세키 夏目漱石

1867년 도쿄도 출생. 1893년 도쿄대 영문과를 졸업한 뒤 교편을 잡으며 하이쿠 동인으로 활동했다. 1900년 국비 장학생으로 2년간 영국으로 유학, 타지에서의 가난한 생활은 그에게 신경쇠약과 우울증을 남겼다. 1903년 귀국해 대학에서 영문학을 가르치던 중 1905년 『나는 고양이로소이다』를 연재해 극찬받았다. 이후 『도련님』, 『한눈팔기』 등 걸작을 다수 남기며 '국민 작가'로 자리매김했다. 오랫동안 신경쇠약과 위궤양에 시달리면서도 마지막까지 펜을 놓지 않다가 1916년 12월 9일 마흔아홉 살에 생을 마감했다.

「나와 만년필」은 1912년 6월 출간된 『만년필의 인상과 도해 카탈로그』에 실린 글이다.

지난번 로안 군*을 만났을 때, 마루젠서점에서 만년필이 하루 몇 자루나 팔리는지 묻자 로안 군은 많이 팔리는 날에는 백 자루 정도 나가는 모양이라고 대답했다. 그러면 만년필 한 자루를 얼마나 오래 쓸 수 있냐고 물으니 일전에 요코하마에 사는 사람이 펜촉은 아직 쓸 만한데 펜대가 닳았다면 펜대만 바꿔달라고 가져온 적이 있단다. 그 사람은 13년 전에 딱 한 자루 사서 여태껏 쭉 써왔다고 하니, 아마 가장 오래 쓴 예가 아닐까 싶다고 말했다. 보통 아무리 거칠게 다뤄도 대체로 6년 또는 7년은 거뜬하단 보증이 붙는 게 일반 만년필의 운명인 듯하다.

한 자루를 그토록 오래 쓰는 물건이 하루에 백 자루나 팔리다니! 만년필을 애용하는 사람의 범위가 맹렬한 기세로 넓어진다고 봐도 아주 어긋난 관찰은 아니리라. 개중에는 취미 삼아 만년필을 모으는 사람도 꽤 있다. 한 자루를 다 쓰기도 전에 싫증 난다며 다시 새로운 제품에 눈독을 들이고, 그걸 사고 나서도 머지않아 또 다른 종류를 탐내는 식이다. 이것에서 저것으로 각종 펜촉과 펜대를 시험해보며 기

---

* 우치다 로안(内田魯庵 1868~1929) 러시아문학 번역가이자 소설가. 마루젠서점에서 편집자로 일하며 나쓰메 소세키와 인연을 맺었고, 'fountain pen'을 만년필로 번역한 인물로 알려졌다.

뻐들 하는데, 오늘날 일본에 많이 있을 법한 취미라고 보기 어렵다.

서양에는 담배 파이프를 좋아해서 크기도 다르고 길이도 다른 갖가지 제품을 한데 모은 세트를 예쁘게 벽난로 위 선반에 늘어놓고 즐거워하는 사람이 있다. 단순히 수집광이라는 점에서 담배 파이프를 장식하는 사람, 술잔을 모으는 사람, 표주박을 모으는 사람 모두 똑같이 취미에 몰두하는 부류로 동족이라 하겠다. 이들은 생무지는 모르는 미묘한 차이를 날카롭게 알아채는 '뛰어난 비교 능력'을 사랑할 뿐이다.

만년필광은 그나마 물건이 다소 실용성이 있으니 다른 취미와 다르다고 할 법하지만, 굳이 없어도 그만인 물건을 다섯 자루고 여섯 자루고 사들인다는 점에서 예로 든 수집광과 크게 다를 바 없다. 다만 그 수가 지금 일본 상황에서는 서양 파이프광의 10퍼센트도 안 되지 싶다. 마루젠에서 하루 백 자루 팔리는 만년필 가운데 아흔아홉 자루는 평범한 사람이 꼭 필요해서 책상 위나 주머니 속에 비치해두는 실용품이라 해도 별지장 없으리라. 만년필이 수입된 지 몇 년이 흘렀는지는 모르나, 여하튼 값이 비싼 것치고는 수요가 부쩍 늘어나는 물건임에는 틀림없다.

최고급 만년필은 한 자루에 300엔이나 하고, 마루젠에 들어오는 물건 중에도 65엔 넘는 고가 제품이 있다고 들었다. 애초에 일반인은 10엔 내외의 값싼 제품을 쓰기 마련일 텐데, 그렇다고 해도 한 개 1전짜리 펜이나 한 자루 3전 하는 무삼필과 비교하면 몇백 배나 되는 값비싼 만년필이 하루에 백 자루나 팔린다. 우리의 구매력이 이 편리하지만 사치스럽기 그지없는 물건을 가까이 두고 즐길 만큼 높아졌거나 아니면 꼭 곁에 둬야 하는 필수품으로 가격이 싸고 비싸고는 관계없이 소중히 여기게 됐거나 둘 중 하나겠다. 지금은 원인을 하나로 단정하기에는 무리가 있으니, 사실상 두 원인이 합쳐져 만년필 수요를 이끌고 있다고 해두자. 내 관점에서는 후자에 무게를 두고 싶다.

고백하자면 나는 만년필과 그다지 깊은 인연이 없고, 또 남을 가르칠 만큼 정통하지도 않다. 초심자로 만년필을 쓴 지 겨우 삼사 년밖에 안 됐다. 만년필과의 친밀감이 옅다는 뜻이다. 12년 전 외국으로 유학을 떠날 때 친척이 작별 선물로 한 자루 준 게 생애 첫 만년필인데, 한 번 써보지도 못하고 배 안에서 기계체조 흉내를 내다가 그만 망가뜨리고 말았다. 영국에 있는 동안은 늘 펜을 이용해 일을 했고, 일본에 돌아와 원고를 써야만 하는 처지에 놓여서도 펜으로 마구마구 휘갈겼다.

그러다 어째서 삼사 년 전에 만년필로 바꾸자고 갑자기 맘을 먹었더라. 이유는 정확히 기억 안 나는데, 일단 편리함이라는 실용적인 동기에 지배당했을 게 틀림없다. 만년필 경험이 전무했던 나는 당시 마루젠에서 펠리컨이라 불리는 제품을 두 자루 사서 집으로 돌아왔다. 그걸 지금까지 쓰고 있긴 한데, 불행히도 펠리컨에 대한 내 감상은 매우 좋지 않다.

펠리컨은 원하지 않는데도 원고지 위에 잉크를 쓸데없이 똑똑 떨어뜨리거나 꼭 먹색이 나와줘야 함에도 막무가내로 거절하며 주인을 학대했다. 하기야 주인 역시 펠리컨을 푸대접했을지도. 무정한 나는 잉크가 다 떨어지면 책상 위에 놓인 아무 잉크나 닥치는 대로 집어 들어 펠리컨 배 속에 부었다. 또 블루블랙은 딱 질색이라 일부러 세피아색 잉크를 사서 펠리컨 입을 거침없이 벌려 먹였다. 경험이 없어 펠리컨을 어떻게 다뤄야 할지 전혀 몰랐다. 실제로 펠리컨이 아무리 물을 싫어한다고 해도 이제껏 그를 씻겨줄 생각조차 한 적이 없다.

펠리컨도 반쯤은 내게 정나미가 떨어졌고, 나도 반쯤은 펠리컨을 포기했다. 결국 올 1월 『피안 너머까지』를 집필할 때는 한 시대를 퇴보해 펜과 펜대라는 고루한 옛날로 되돌아갔다. 그제야 헤어진 아내를 뒤늦게 그리워하듯, 잠시 내 팽개치고 무시한 펠리컨에 미련이 남았음을 깨달았다. 펜으로 돌아가자 잉크가 떨어질 때마다 잉크병 속에 펜촉을 담갔다가 꺼내 다시 써 내려가는 일이 성가셔서 견딜 수 없었다.

다행히 내 원고가 그 정도 수고를 덜어낸다고 해서 더 빨리 완성될 성질은 아니었고, 또 펜으로 쓰면 좋아하는 세피아색으로 자유롭게 원고지를 채색해서 『피안 너머까지』 완결까지는 밀어붙일 작정이었다. 그 결심의 밑바닥에는 내 실패를 인정하기 싫은 억지가 깃들어 있었다.

나처럼 기계적 편리가 그다지 중요하지 않은 일만 하는 사람 또는 잘못 샀거나 잘 쓰지 못해 다소 애먹는 사람조차 만년필이 아예 사라지면 이만큼 불편을 느끼니, 남들이 가격이 어떻든 간에 붓을 버리고 펜을 버리고 만년필을 선택하는 데는 다 그럴 만한 이유가 있지 싶다. 재력 있는 귀공자나 도락에 빠진 사람이 장난감으로 삼기에 좋은 사치품이라 잘 팔릴 리 없을 테다.

만년필 수요를 이렇게 해석하고 나니 각종 만년필을 비교 연구하고 하나하나 장단점을 말하지 못하는 자신이 굉장히

시대에 뒤처진 듯하여 부끄러웠다. 술꾼이 술을 이해하듯, 펜을 다루는 사람이 만년필을 이해하지 못하면 겸연쩍은 시대가 될 날도 먼일은 아니리라. 달랑 펠리컨 한 자루 써보고 만년필은 못쓰겠다고 투덜대는 내가 세간의 웃음거리가 되는 날이 머지않았다면, 웃음거리가 되지 않기 위해 좀 더 다른 만년필을 시험해볼 필요가 있겠다.

사실 이 원고는 로안 군이 한번 써보라며 일부러 보내준 오노토 만년필로 쓰고 있다. 무척 기분 좋게 술술 써져서 유쾌하기 그지없다. 펠리컨을 쫓아낸 나는 그 자매뻘인 오노토를 새로이 맞아들였다. 이걸로 만년필에 조금이나마 속죄를 한 셈이다.

나쓰메 소세키의 만년필과 자필 원고.
자단나무 책상 위 펜접시 대신 쓰던 대나무 찻숟가락.

내 주변

아쿠타가와 류노스케 芥川龍之介

아쿠타가와 류노스케는 대학 시절 동인지 『신사조』를 중심으로 글을 발표했기에 원고료가 없었다. 결국 생계를 위해 1916년부터 해군학교에서 영어 교사로 근무하면서 집필 활동을 병행했다. 2년 4개월 정도 교사 생활을 하던 중 쓰카모토 후미와 결혼했고, 1919년 집필에 전념하기 위해 교직을 그만두고 마이니치신문사에 취직했다. 신문에 기고하는 것이 근무 조건이었고 고료 외에 월급 50엔을 받다가 후에 150엔으로 올랐다고 알려졌다. 창작에 전념할 수 있었던 짧지만 행복한 시기였다.

「내 주변」은 1926년 1월 주간지 『선데이 마이니치』에 실린 글이다.

책상

대학교를 졸업하던 해 가을 「참마죽」이란 단편을 잡지 『신소설』에 발표했다. 원고료는 원고지 한 장당 40전. 아무리 나라도 그 돈으로 먹고살 생각을 하니 어쩐지 마음이 불안했다. 그래서 밥벌이가 될 만한 일을 찾았고, 12월 해군학교 교관이 되었다. 나쓰메 선생이 돌아가신 것은 그해 12월 9일이었다. 한 달에 봉급 60엔을 받으며, 낮에는 영문 일역을 가르치고 밤에는 부지런히 글을 썼다. 그로부터 1년 남짓 지나자 봉급이 100엔으로 올랐고, 원고료도 원고지 한 장당 2엔 언저리쯤 받았다. 두 수입을 합치면 어떻게든 가계를 꾸려가겠다 싶어 전부터 결혼을 약속한 친구의 조카딸과 결혼했다. 지금 쓰는 낡은 자단나무 책상은 그때 나쓰메 선생의 부인이 축하 선물로 주셨다. 크기는 세로 90센티미터, 가로 120센티미터, 높이 45센티미터 정도려나. 나무가 잘 마르지 않은 탓인지, 지금은 상판 이음매에 다소 균열이 생겼다. 뭐, 이래저래 10년 가까이 늘 책상 앞에 앉아 있다 보니 역시 사랑해 마지않을 수 없다.

연병

청자 연병은 단고자카에 있는 골동품 가게에서 사 왔다.

선뜻 산 것은 아니다. 예전에 이 연병을 어떻게 구매하게 됐는지를 「야인 생활사」라는 수필에 풀어놓았는데, 그걸 살짝 빌려오자면, 어느 날 놀러 온 무로가 내 얼굴을 보자마자 단고자카의 한 골동품 가게에 청자 연병이 들어왔다고 이야기했다. "팔지 말라고 말해뒀으니까 이삼일 내로 들러 가져오게. 만약 밖에 나갈 새가 없으면 심부름꾼이든 누구든 보내받아오던가." 마치 내가 그 연병을 꼭 사야 할 의무라도 있는 듯한 말투였다. 하지만 그의 분부를 받들어 청자 연병을 사온 일을 이제껏 후회하지 않는다. 그를 위해서나 나를 위해서나 어쨌든 기쁘기 그지없었으니. 여기서 무로는 물론 무로 사이세이를 말한다. 청자 연병은 아마 15엔이었다.

펜접시

나쓰메 선생은 펜을 펜접시가 아니라 엽차용 찻숟가락에 올려놨다. 나는 즉시 선생의 지혜를 배워 집안 대대로 내려오는 자단나무로 만든 찻숟가락을 펜접시로 사용했다. 선생의 펜접시는 대나무 토막을 반으로 쪼갠 것이었다. 내 펜접시는 시인 호소키 고이의 매제인 호소키 이헤이가 만들었다. 내가 가마쿠라에 살던 무렵, 서예가 스가 도라오 선생이 이 자단나무 찻숟가락의 우묵한 바닥에 '본시산중인 애설

산중화本是山中人 愛說山中話*라고 글씨를 써주셨다. 뒷면에는 이 헤이가 어떻게든 서툰 솜씨로 손수 새긴 듯한 바위와 물 그림이 있다. 이러면 풍류가 넘치리라 생각하겠지만, 타고나길 게으른 탓에 늘 먼지며 잉크로 범벅이고, 때론 '본시산중인' 글자조차 거꾸로 되어 있다.

화로

작은 직사각형 목제 화로를 산 것도 역시 결혼할 때다. 고작 5엔이었지만, 가격에 비해 서랍 상태 등 만듦새가 상당히 훌륭했다. 나는 당시 가마쿠라의 쓰지라는 동네에 살았다. 셋집은 어느 기업가가 보유한 별장 안에 지어진 곳이라, 파초가 처마를 가리고 넓은 연못이 내다보여서 꽤 아늑하고 살기 좋았다. 게다가 4평짜리 방 두 칸, 3평짜리 방 한 칸, 2평짜리 방 두 칸, 목욕탕과 부엌이 있었는데도 집세는 18엔을 넘지 않았다. 우리 부부는 2평 방에 작은 목제 화로를 두고 아무 탈 없이 편안하게 지냈다. 그 셋집도 지금은 지진으로 흔적 없이 사라지고 말았으리라.

* 작자 미상의 한시 중 일부로 "본시 산에 사는 사람이라, 산중 이야기를 즐겨 나누네"라는 뜻이다.

" 손때가 묻고 몸에 익어

마음이 편했기에

여전히 곁에 두었다. "

나의 책상

오카모토 기도岡本綺堂

오카모토 기도는 도쿄 지요다구 고지마치에서 50년 가까이 살았다. 세 살 무렵 이사 와서 몇 번 집을 옮기긴 했어도 고지마치를 벗어나지 않았다. 극작가로 성공한 뒤 1913년 2층짜리 새집을 짓고 2층에 자신만의 서재를 꾸몄다. 서재에는 집안 대대로 내려오던 고서와 자료 삼아 수집한 장서로 가득했다. 하지만 1923년 쉰한 살 때 간토대지진으로 집이 무너지고 불타서 장서는 물론 자신이 열일곱 살부터 쓰기 시작한 일기 35권, 잡기장 30여 권을 모두 잃어버렸다.

「나의 책상」은 1925년 9월 잡지 『부인공론』에 실린 글이다.

한 잡지사로부터 "당신의 책상은?"이란 원고 청탁이 와서 이렇게 원고를 써서 보낸다.

서랍 딸린 앉은뱅이책상, 이제는 감쪽같이 사라졌지만 내가 아직 소년이던 시절에는 다들 사용했다. 집집이 아이가 앉은뱅이책상에 앉아 글씨 공부를 하고 책을 읽었다. 나도 그중 한 명이었다. 지금도 서당 이야기가 나오는 연극을 보면 어쩐지 옛날이 그리워진다.

요즘은 그다지 인기가 없는데, 예전에 책상은 보통 오동나무로 만든 게 제일이라고들 했다. 나무껍질이 연해서 몸을 기대거나 손에 닿으면 부드러워 기분이 좋았다. 대신 흠이 생기기 쉬웠다. 문진이 떨어지기 무섭게 흠집이 나는 탓에 조금만 부주의하게 다루면 금세 상처투성이가 됐다. 아마 이런 단점 때문에 자연스레 오동나무 책상을 안 쓰게 된 것 같다.

한때 상판을 옻칠 종이로 만든 책상이 유행하기도 했다. 부드럽고 가벼운 데다 값도 비교적 싸서 한동안 제법 인기가 있었다. 하지만 아무래도 소재 특성상 쉬이 찢어졌고 물이라도 쏟으면 보그르르 부풀어 올랐다. 그 결점으로 인해 머지않아 한물가고 말았다. 그나마 아직 탁자나 소반 제품은 다소 나오는 모양이다.

나는 열다섯 살쯤 1엔 50전 주고 산 오동나무 책상을 다년간 사용했다. 하숙집 두세 곳을 전전할 때마다 늘 챙기고 서너 번 이사까지 하는 바람에 한 군데도 성한 곳이 없을 만큼 만신창이가 된 지 오래였다. 하지만 손때가 묻고 몸에 익어 마음이 편했기에 여전히 곁에 두었다. 다만 열다섯 때 산 책상이라 조금 비좁고 불편했다. 커다란 책을 펼치려면 책상 위 물건을 죄다 바닥에 내려놓아야 했다.

결국 더는 안 되겠다 싶어 1923년 봄, 근처 가구장이를 찾아가 큰 책상을 주문했다. 무슨 목재든 상관없다고 했더니 엄나무 원목으로 짠 탓에 꽤 묵직한 데다 실용성을 중시하는 바람에 살풍경한 책상이 완성됐다. 대신 책상 위가 별안간 시원스레 넓어졌다. 일할 때 참고서를 여러 권 펼쳐놔도 자리가 남아 편리했다.

그렇다고 40년 가까이 사귀어 온 낡은 오동나무 책상을 차마 고물상 손에 넘길 순 없는 노릇이라 그대로 벽장에 처박아뒀다. 그해 9월 예의 지진으로 새 책상과 헌 책상 모두 재가 되어버렸다. 새것에 미련은 없었다. 다만 옛것은 오래된 친구였다. 젊은 시절 집필 추억이 잔뜩 담겼다. 누구나 그렇겠지만, 특히 나처럼 글 쓰는 사람은 자연스레 책상에 갖가지 추억이 깃들기 마련이라 잿더미 앞에서 쓸쓸한 마음을 금할 수 없었다.

지진 이후 얼마 동안 메지로에 사는 제자 누카다 롯푸쿠 네 집에 얹혀살았다. 누카다가 안 쓰는 작은 책상을 빌려 일을 했는데, 10월에 아자부로 이사 가기 앞서 무엇보다 책상은 필요하다 싶어 서둘러 다카다요쓰야초까지 찾아가 가구점을 돌아다녔다. 이것저것 까나롭게 고를 저지가 아니라서 그저 책상 모양만 하고 있으면 된다는 생각에 12엔 50전짜리 책상을 사 왔다. 엄나무 원목에 니스를 칠한, 아주 튼튼해 보이는 책상이었다. 좀 더 겉모양을 꾸민 제품도 있었지만, 키가 큰 탓에 책상 다리가 길어야 했다. 결국 가게에서 다리가 가장 긴 녀석을 사서 서재에 두고 오늘까지 쭉 쓰고 있다.

그 후 만듦새나 모양새가 훨씬 좋은 책상을 더러 마주했지만 사지 않았다. 그사이 세 번이나 거처를 바꾸며 아직도 불안정한 셋집 생활을 하는 내게 싸구려 책상이 제격이지 싶어서다. 지금 이 원고도 엄나무 싸구려 책상 앞에 앉아 쓰는 참이다.

나는 근시라 밝은 곳에 책상을 두지 않으면 읽을 수도 쓸 수도 없다. 빛이 너무 환한 공간을 싫어하는 사람도 있겠지만, 어스레한 공간이 미덥지 않기에 괜히 초조해지고 안정이 안 된다. 그래서 하루에도 몇 번씩 책상 위치를 바꾸곤 한다. 이럴 때 너무 무거우면 옮기기 힘들긴 해도 책상은 되도록 무겁고 큼지막한 편이 차분한 마음이 든다. 자그마한 밥상에 앉아 글을 쓰는 사람도 있는데, 내게는 무리라 여행을 가면 난감한 처지에 빠진다.

또 오래된 습관으로 집에 있으면 밥 먹는 시간 빼고는 책상 앞을 떠나지 않는다. 책을 읽거나 원고를 쓰거나 때론 그냥 멍하니 있을 때조차 늘 책상 앞에 앉아 하루를 보낸다. 새로 치면 일종의 홰인 셈이다. 책상을 벗어나면 왠지 다리가 휘청거려서 몸을 주체하지 못한다. 묘한 습관이 붙어버려 처량할 따름이다.

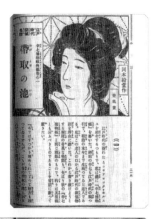

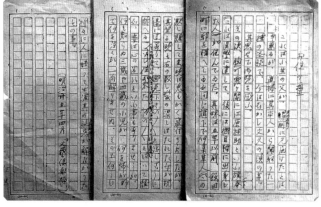

'한시치 체포록' 시리즈 연재 당시 삽화, 화가인 마쓰다 세이후가 그렸다.
오카모토 기도의 자필 원고.

헌책과 장서인

스스키다 규킨薄田泣菫

1877년 오카야마현 출생. 1899년 첫 시집 『저물녘 피리』로 낭만파 시인으로 인정받은 뒤 옛말을 활용한 고전미 넘치는 시를 다수 발표했다. 1915년 마이니치신문에 생활 수필 「다화」를 장기 연재하며 인기 작가로 발돋움했다. 1917년 파킨슨병이 발병한 탓에 1919년부터 효고현 니시노미야시로 이사해 요양 생활을 시작했다. '잡초원'이라 이름 붙인 집에서 아내와 함께 지내며 수필 창작에 몰두했지만, 글쓰기조차 버거울 정도로 점점 악화했다. 만년에는 부인의 대필로 『고양이의 미소』, 『대지 찬송』 등을 출간했다. 1945년 10월 9일 예순여덟 살에 생을 마감했다.

「헌책과 장서인」은 1929년 1월 출간된 『초목충어』에 실린 글이다.

책방집 아들로 태어난 만큼 문호 아나톨 프랑스*는 세상에 둘도 없는 애서가였다. 파리 센 강변을 따라 쭉 늘어선 크고 작은 헌책방, 주름투성이 할머니가 뜨개질을 하며 가게를 보는 정경은 유명하다. 소년 아나톨 프랑스는 그 헌책방 앞에 서서 수북이 쌓인 책을 닥치는 대로 뒤적이며 갖가지 지식을 쌓았다. 나이가 들어서도 가끔 들러 헌책을 읽거나 사서 돌아갔다.

아나톨 프랑스는 센강 헌책방 거리를 사랑했다. "모든 지식인과 애호가에게 그곳은 제2의 고향"이라며 "나는 센강 근처에서 자랐다. 헌책방은 센강 풍경을 이루는 일부분이다"라고 찬양했다. 그는 헌책방에서 게걸스레 지식을 빨아들였고, 잊지 않고 가지각색 취미와 지식으로 보답했다. 별다른 일은 아니다. 그저 이따금 자기 서재에서 몇 년째 썩어가는 책을 가져와 헌책방에 팔았을 뿐이다.

어느 날이었다. 프랑스는 집에 찾아온 손님을 서재로 데려가 장서를 하나하나 보여줬다. 소문난 애서가치고는 장서가 초라하기 그지없었다. 특히 신간이 전혀 보이지 않았다. 깜짝 놀란 손님은 실망감을 솔직하게 털어났다. 그러자 프랑스

---

* 아나톨 프랑스(Anatole France 1844~1924) 소설가이자 평론가. 본명은 프랑스아로, 아버지가 운영하던 고서점 이름인 '리브레리 드 프랑스'에서 필명을 따왔다.

는 변명하듯 말했다.

"지금 새 책은 없어. 여기저기서 기증받은 책조차 단 한 권 남겨두지 않았다네. 모조리 시골에 사는 친구에게 보내줬거든."

물론 그 시골 친구는 센 강가에 있는 헌책방을 가리킨다.

아나톨 프랑스를 흉내 내는 건 아니지만 나도 자주 다 읽은 책을 헌책방에 판다. 집이 비좁은 탓에 아무리 좋아해도 언제까지나 선반에 책만 그득히 쌓아둘 수 없어서다. 교토에 살 때는 책을 다 읽고 나면 늘 한데 묶어 들고 마루타마치에 가서 K라는 헌책방에 팔아치웠다.

한번은 그리스 로마 고전 영문판 대여섯 권을 한꺼번에 싸게 넘긴 적도 있다. 나는 아이스킬로스나 소포클레스, 핀다로스나 테오크리토스, 단테, 근대 독일이나 프랑스 문학 뭐가 됐든 영어로 번역된 책이 여러 개면 전부는 아니어도 평판 좋은 버전은 되도록 사들인다. 서로 비교하고 대조하는 재미가 쏠쏠하다. 그렇게 다 읽고 나면 그중 가장 뛰어나다고 생각하는 한두 권만 남기고 나머지는 모두 팔아버린다. K책방에 넘겨준 책들은 이미 아무런 쓸모가 없었다는 뜻이다.

이삼일 지나 교토대 D박사가 불쑥 집에 놀러 왔다. 박사는 내로라하는 외국 문학통이자 애서가였다.

"지금 오는 길에 마루타마치에 있는 헌책방에 들렀다가 귀한 책을 발견했어요."

방에 들어오자마자 이렇게 말하며 손에 든 책 두 권을 바닥에 내려놓았다. 하나는 녹색, 다른 하나는 남색 표지였다. 으음, 하며 집어 들다가 퍼뜩 깨달았다. 며칠 전 헤어진 애인이 다른 남자와 함께 걸어가는 모습을 볼 때처럼 경악을 금치 못했다. 틀림없다, 내가 K서점에 팔아먹은 책이 분명하다.

"아, 핀다로스랑 테오크리토스의 시집이군요."

이삼일 전까지만 해도 내 것이던 물건이 지금은 남의 것이 되어버리다니, 씁쓸한 현실을 가만 봐야 하는 좌절감에 빠진 채 살며시 책등을 쓰다듬거나 책장을 넘기며 낯익은 문장을 몰래 곱씹었다.

"교토에도 이런 책을 읽는 사람이 있네요. 어쨌든지 한때의 호기심이겠지만요."

박사는 담뱃진으로 거메진 이를 힐끗 보이며 두툼한 입술을 우아하게 삐죽 내밀었다.

"호기심일까요? 한때 읽었다고 하기에는 책이 너무 낡았는데……."

얼결에 말이 튀어나왔다. 동시에 이 책 주인이 나였음을 솔직히 고백할 기회를 놓치고 말았다.

"그렇다면 도시샤대학에 와 있던 선교사의 유품이려나. 음, 그럴지도 모르겠네."

박사는 테오크리토스의 남색 시집을 손에 들고는 소유주가 써놓은 이름이라도 찾는지 서문과 목차까지 한 장 한 장 꼼꼼히 뒤졌다. 결국 어디에서도 서명은 발견되지 않았다. 나는 남겨진 핀다로스의 녹색 시집을 어루만졌다. 천식인지 뭔지로 세상을 떠난 선교사가 주인이라고 오해받은 이 녀석의 운명을 슬퍼하지 않을 수 없었다.

'선교사라니, 어이없구면. 네가 선교사가 뭔지 알 턱이 있나. 그래, 일이 이렇게 된 건 다 내가 장서인을 갖고 있지 않아서야. 두 번 다시는 이런 오류가 일어나지 않도록 얼른 멋진 장서인을 하나 만들어야겠어.'

이후 D박사네 집에 갈 때마다 그의 서재 유리문을 슬그머니 들여다봤다. 몇 번인가 그 두 권의 책과 눈이 마주쳤다. 책등에 새겨진 금글자가 눈을 모로 뜬 채 "어머나, 선교사님이시네, 어서 오세요" 하고 빈정거리며 인사하는 것 같았다. 그 순간 나는 마음속으로 다짐하곤 했다.

'이런, 까맣게 잊고 있었네. 이번에야말로 서둘러 장서인

을, 더없이 근사하고 훌륭한 녀석으로……'

　매번 마음먹긴 하는데, 번번이 잊어버리기에 아직까지 서
재에 장서인이 없다는 이야기다.

인형 이야기

다카하마 교시高浜虚子

1874년 에히메현 출생. 1891년 고향 선배인 마사오카 시키에게 하이쿠를 배우기 시작, 1894년 학교를 그만두고 도쿄로 올라왔다. 스승의 영향으로 언문일치 사생문을 쓰는 한편 뒤를 이어 1898년부터 잡지 『두견』 발행인을 맡았다. 1905년 영국 유학 후 노이로제에 시달리던 나쓰메 소세키에게 소설을 써보라고 권유, 『나는 고양이로소이다』를 탄생시켰다. 나쓰메에게 자극받아 사생문체로 된 소설 집필에 매달린 끝에 1908년 『맨드라미』를 출간해 호평받았다. 이후 하이쿠, 수필, 소설을 넘나들며 다채로운 창작 활동을 펼치다가 1959년 4월 8일 여든다섯 살에 세상을 떠났다.

「인형 이야기」는 1951년 6월 잡지 『중앙공론』에 실린 글이다.

가마쿠라의 '하이쿠 오두막' 의자에 걸터앉아 정원을 바라본다. '하이쿠 오두막'은 내 서재 이름이다. 원래는 아이 방으로 고모로로 피난 떠날 무렵에는 헛간이나 다름없었다. 변변히 청소조차 못 해 너저분하게 물건이 덧쌓인 채였다. 3년 지나 고모로에서 돌아온 뒤 청소하고 책상을 두어 임시 서재로 삼았다. 겹겹이 포개진 하이쿠책만 어지러이 놓인 가운데 쓰다 만 원고지가 산더미처럼 쌓여 있다. 고모리 집에서도 서재로 쓰던 곳을 '하이쿠 오두막'이라고 불렀기에 역시 이 방에도 같은 이름을 붙이기로 했다.

서재 앞뜰에는 갖가지 풀과 나무가 엉기성기 자란다. 일부러 심은 것은 몇 안 된다. 40년간 사는 동안 바람이 가져다준 씨앗이며 작은 새가 똥과 함께 떨어뜨린 씨앗이 저절로 자라나 좁은 뜰치고는 풀과 나무가 많은 편이다. 정원사가 본다면 전혀 형식을 갖추지 못한 난잡한 정원이라고 평하리라. 그러나 여러 해 보며 친숙해진 눈에는 나무 한 그루, 풀 한 포기까지 뭔가 추억이 담겨 뽑아버릴 수가 없다.

유독 동백나무가 많은데, 빨간 꽃이 달리면 시선을 떼기 힘들다. 정확히 어떤 종류에 속하는지 모르지만, 보통 산동백이라고 불리며 꽃을 어마어마하게 피운다. 홑꽃잎이 대부분이고 겹꽃잎도 더러 있다. 우듬지에서 뿌리에 이르기까지

나무 전체를 에워싸듯 꽃이 만발하는 한창때가 되면 붉은 동백나무가 뜰을 독점한다. 다른 나무는 아예 눈에 들어오지 않을 정도다.

나는 의자에 걸터앉아 빨간 동백꽃을 바라보고 있다. 마음은 언젠가 떠났던 여행길을 헤매는 듯하다. 그 여행길이란 도카이도나 나카센도처럼 정해진 도로가 아니기에 자유자재로 움직인다. 하염없이 천지를 떠도는 기분이다. 붉은 동백나무는 나를 둘러싼 인간 무리가 되어 언제나 곁을 맴돈다.

현실은 이미 노년에 접어들어 요즘 혼자서 걷는 일조차 가족들이 말린다. 야트막한 언덕길을 오르면 다리가 후들거리고 걸음을 빨리하면 장딴지가 딱딱해지기에 스스로도 교통이 번잡한 곳을 걸을 때면 살짝 신변에 위험을 느낀다. 그래도 '혼자 걷기 금지'는 너무 지나친 처사다. 뭐, 좋은 게 좋은 거란 생각에 일단 가족들 말을 따르고 있지만.

지금 붉은 동백나무에 파묻혀 가만히 빨간 꽃을 바라보고 있자니, 뜬구름에 올라탄 채 마음 가는 대로 어디든 가거나 두 발로 가뿐히 공중을 지르밟으며 돌아다니는 환각이 보인다. 이처럼 공상에 잠길 때는 무척 마음이 즐겁다. 마치 아이가 동화를 들으며 흥겨워하듯 쾌감을 느낀다.

가짜 꽃조차 빨강을 좋아하는 동백이여

소설에 쓰는 여인보다 요염하노라

빛나는 붉은 동백나무 옆 노인 한 사람

때마침 야마다 도쿠베 군이 인형을 보내왔다. 일고여덟 살쯤 되어 보이는 여자아이 인형으로 단발머리에 빨간 기모노를 입고 비단결이 고운 띠를 매고 있다. 보통 인형이 그렇듯 양손은 축 늘어뜨린 채다. 편지에 "하찮은 인형이지만 곁에 두면 행운이 찾아올 거예요"라고 적혀 있다. 빨간 동백꽃이 한창이던 터라, '쓰바키코椿子'*라는 이름을 붙여 서재 책장에 올려놓았다.

야마다 도쿠베 군은 도대체 무슨 생각으로 인형을 보냈을까. 그저 서재 장식물로 써달라는 의미였을지 모르지만, 뭔가 또 다른 의미가 있으리란 생각이 더 컸다. 마침 그때 어떤 사람이 속요를 하나 지어달라고 해서 읊어본다.

여자아이 인형 곁에 두고

자나 깨나 바라보는데

* 쓰바키椿는 일본어로 '동백'이란 뜻이다.

마음 쓰이네, 나의 질투

앞서 말했듯 내 서재는 하이쿠책이 층층이 쌓였고 하이
쿠를 끄적이다 내던진 원고지 더미가 무너져 내리는 중이었
다. 그 사이 의자에 나 홀로 앉아 있을 뿐 아무도 없다. 전후
좌우를 둘러봐도 이 여자아이 인형에 질투할 만한 사람은
보이지 않는다. 역시 붉은 동백나무를 바라보는 동안 발 묶
인 자신이 안쓰러워 천지를 자유로이 비상하는 천국을 상
상하며 즐기는 것처럼, 홀로 쓸쓸히 책장 위에 놓인 일고여
덟 살짜리 쓰바키코에게 자신의 허무를 덧씌워 꿈으로 그려
내고픈 내 욕구일지도 모른다. "나의 질투"는 쓰바키코일까,
아니면 쓰바키코의 환영일까. 그조차도 확실히 알 수 없는
기분이다.

1년에 한두 번 잡지사나 출판사 직원들이 집에 놀러 오곤
한다. 그때는 예전에 나무로 만든 아라키다 모리타케* 조각
상이나 마사오카 시키 조각상이 상자에서 꺼내져 작은 깃발
을 손에 쥔 채 손님을 환영하는 의미로 응접실 선반 위에 놓
인다. 쓰바키코도 서재 책장에서 벗어나 손에 작은 깃발을

* 아라키다 모리타케(荒木田守武 1473~1549) 일본 중세시대 시인으로 하이쿠의 창
시자로 불린다.

들고 그 둘 옆에 나란히 섰다. 그때 딸아이가 응접실에 들어오기 무섭게 소리쳤다.

"어머, 징그러워라."

쓰바키코가 어느샌가 서재 책장에서 내려와 응접실 선반 맨 앞에 떡하니 서 있어서다. 아라키다 모리타케나 마사오카 시키 조각상보다 까만 단발머리에 빨간 기모노를 입은 쓰바키코가 왠지 더 섬뜩하게 느껴졌나 보다. 그날 이후 나도 저물녘 서재에 들어서는 순간 책장 위에서 이쪽을 쳐다보는 쓰바키코가 가끔 무섭다는 생각이 들곤 한다.

쓰바키코가 서재 책장 위에 놓인 지 3년이란 세월이 흘렀다. 그사이 뜰에서 자라는 동백나무는 세 번 꽃이 피고 세 번 꽃이 졌다. 일흔다섯이던 나는 일흔여덟이 되었다. 가족들은 더욱더 나의 외출을 삼엄히 경계한다. 서재 책상 앞에 앉은 나는 점점 홀로 쓸쓸히 스러져 간다.

헤이지의 도난

노무라 고도野村胡堂

노무라 고도는 쉰 가까운 나이에 '제니가타 헤이지 체포록' 시리즈로 작가의 길에 들어섰다. 그가 창조한 제니가타 헤이지는 허름한 집에서 부인과 둘이 함께 사는 탐정으로 취미는 장기, 특기는 '엽전 던지기'. 범인을 향해 엽전을 던지면 언제나 백발백중일 정도였다. 가난한 서민 편에서 위선과 불의를 파헤쳤고 쉽게 죄인을 만들지 않고 억울함을 풀어주는 인간미 가득한 주인공으로 사랑받았다. 특히 인기 배우였던 하세가와 가즈오를 주인공으로 1949년부터 1961년까지 영화 18편이 만들어지며 선풍적인 인기를 끌었다.
「헤이지의 도난」은 1959년 11월 출간된 『고도백화』에 실린 글이다.

글을 펜으로 쓰는 작가. 또는 볼펜으로 쓰는 작가. 연필이 아니면 글이 써지지 않는 작가. 나는 어떠냐 하면, 소설을 쓰기 시작했을 때부터 줄곧 만년필이다.

신문사에 들어갔을 무렵만 해도 붓글씨용 두루마리에 붓으로 기사를 쓰는 사람이 절반 정도 남아 있었다. 화려한 기모노를 맵시 있게 차려입은 젊은 정치부 기자 오자키 가쿠도가 돌돌 둥글게 만 종이를 마룻바닥에 활짝 펼쳐놓고 두 칸이든 세 칸이든 끊임없이 써 내려갔다는 장관은 진즉에 추억담이 됐지만 제2의 오자키, 제3의 오자키는 편집국에 바글바글했다.

얇고 흰 일본 종이에 원고지처럼 네모 칸을 인쇄해 한 장 한 장 길게 이어 붙인 두루마리 다발은 이 사람들이 늘 품에 지니는 비장의 문구였다. 반면 갓 대학을 졸업한 젊은 친구들은 네모난 갱지에 연필이었다. 나는 처음부터 갱지파에 속했다.

신문기자를 그만두고 전업 작가가 되고 나서는 오로지 파카 만년필만 사용했다. 전쟁 중에는 새 제품을 살 수 없었기에 원래 있던 세 자루를 애지중지 아끼며 항상 갖고 다녔다. 가루이자와에도 가져갔고, 이번에 이토에서 일을 할 때도 파카 만년필을 쓸 생각이었다. 환승역인 아타미까지 가는 기차 안은 몹시 붐볐다. 손에는 커다란 짐 가방을 들고 어깨에는 가죽 가방을 비스듬히 걸친 채라 정신이 없었다. 아타미에서 기차를 갈아타는 동안 누군가 가방을 만진 듯한 기분이 들었지만, 이토행 기차에 올라서야 가방이 뻐끔뻐끔입을 벌리고 있음을 알아챘다.

'아뿔싸!' 가방 안에 손을 넣어 뒤적거렸다. 아니나 다를까, 만년필이 없다. 가죽 케이스에 들어 있던 탓에 소매치기가 지갑이라고 생각한 모양이다. 지나가는 차장에게 만년필을 도둑맞았다고 말하자 내 얼굴을 보며 히쭉 웃었다. 마침제국은행 강도 사건이 일어난 직후라 신문에서는 연일 이사건을 대서특필하던 참이었다. 이런 시끄러운 세상에서 고작 만년필 두세 자루, 구태여 도난 신고까지 하다니 별스럽다고 생각했을 수도 있다. 그래도 그렇지, 차장이라는 자가소매치기 당한 승객을 보고 웃다니. 그럴 때가 아니잖아!

"도둑맞은 물건이 별것 아니긴 합니다만, 저한테는 금쪽같은 만년필이라서……."

속상한 마음에 이렇게 말하자 차장은 다시 한번 히쭉 웃더니, 피해액이 작아서 일부러 웃은 게 아님을 무언중에 변명이라도 하듯 갑자기 사글사글한 목소리로 대답했다.

"제니가타 헤이지의 아버지나 다름없는 분이 소매치기에

게 한 방 먹을 줄은 미처 몰랐네요."

나는 당황한 나머지 입도 뻥긋하지 못한 채 그저 허리만 굽실굽실했다. 옆에 서 있던 아내는 큰 소리로 웃기 시작했다. 어쩔 수 없이 나도 결국 웃고 말았다. 지금은 세상을 떠난 기쿠치 간*은 입버릇처럼 투덜대곤 했다.

"서슴없이 긴자를 걸어 다닐 수 없으니 불편해."

나는 기쿠치 간만큼 눈에 확 띄는 얼굴이 아니라 대개 알아볼 일이 없다고 안심했지만 의외로 팬은 어디든 있기 마련이다. 그 뜻밖의 만남이 어디서 이루어질지 모르기에 마음 편히 밥도 먹으러 가지 못한다. 영화배우나 야구선수는 정말이지 힘들 것 같다. 그래서 나는 그다지 외출을 즐기지 않는다. 그마저도 눈이 나빠지고 나서는 아예 할 수 없게 됐다. 역시 집 안이 젠체할 수 있어 제일 좋다.

---

* 기쿠치 간(菊池寬 1888~1948년) 소설가이자 잡지 『문예춘추』 발행인. 노무라 고도와는 같은 신문기자 출신이라 친하게 지내며 함께 장기나 마작을 즐겼다.

재생지

데라다 도라히코寺田寅彦

1878년 도쿄도 출생. 1896년 고등학교에서 영어 교사였던 나쓰메 소세키를 만나 문학에 관심을 갖게 됐다. 1899년 도쿄대 물리학과에 입학, 소세키의 소개로 마사오카 시키가 발행하던 잡지 『두견』에 작품을 발표했다. 1905년 죽은 아내를 추억하는 수필 「도토리」를 선보여 호평받았다. 1909년 독일로 2년간 유학하러 갔다가 돌아와 1913년 학술서 『바다의 물리학』을 출간해 물리학자로서 명성을 쌓았다. 이후 도쿄대 교수로 재직하며 사생문 성격이 짙은 수필을 다수 집필해 '글 쓰는 과학자'로 불렸다. 1935년 12월 31일 쉰일곱 살에 전이성 뼈종양으로 세상을 떠났다.

「재생지」는 1921년 1월 도쿄니치니치신문에 실린 글이다.

12월 초 어느 날, 오랜만에 바람 한 점 없이 날이 맑아 오전부터 병상에서 기어 나와 툇마루에서 햇볕을 쬐었다. 도시에서는 보기 드문 강렬한 햇빛이 얼굴을 곧바로 비추는 통에 좀 따끔거렸다. 마침 널어놓은 이불에서 포근한 아지랑이가 살살 피어오른다. 축축한 마당에 아스라이 하얀 안개가 끼는가 싶더니 변덕쟁이 바람이 살랑거리자 금세 조그맣게 소용돌이친다. 아이들은 모두 학교에 갔다. 다른 식구들은 어디서 뭘 하는지 작은 소리조차 나지 않았다. 참으로 고요하고 온화한 아침이었다.

나는 아무 생각 없이 멍하니 앉아 있었다. 단지 온 모공이 빨아들인 따사로운 햇살이 시든 육체 속에 스며드는 감각을 어렴풋이 느낄 뿐이다.

문득 정신을 차리자 눈앞 툇마루 끝에 떨어진 재생지 한 장이 보였다. 아직 새것이라 무척 깨끗했다. 무의식적으로 집어 살펴보는 사이 각양각색 반점이 눈에 들어왔다. 종이는 딱 아이들이 갖고 노는 찰흙처럼 탁한 쥐색이었다. 앞면은 매끌매끌한데, 뒷면은 꽤 가칠가칠하고 거적처럼 굵은 줄무늬가 도드라졌다. 햇빛에 비추니 굵은 줄무늬 말고도 한층 가늘고 고른 줄무늬가 드러났다. 고운 줄무늬야 종이를 뜨는 과정에서 섬유를 걸러내는 돗자리 자국일 테고, 굵은 줄무늬는 뭔지 모르겠다. 또 손가락 끝마디만 한 구멍이 세 개쯤 뚫려 주변에서 삐져나온 섬유가 구멍을 가리려는 듯 뻗쳐 있었다.

무엇보다 흥미로운 것은 가로세로 20센티미터 남짓한 횟빛 바탕 위에 빨강, 파랑, 보라 같은 고운 빛깔을 띤 채 불규칙하게 흩어진 반점. 크다고 해봤자 고작 6밀리미터에서 9밀리미터 정도였고, 돋보기를 껴야 보일 만큼 작디작은 색지 조각도 더러 섞였다. 게다가 똑같은 색지가 아니라 기하학무늬, 줄무늬, 점선 등 여러 가지였다. 꼼꼼히 들여다보니 봉투 묶는 띠종이, '아사히' 담배 포장지, 성냥갑 라벨, 광고지 쪼가리, 색종이…… 별별 다색 인쇄물을 연상시키는 파편이었다. 미세한 파편에 상상력이 보태지면서 머릿속은 다양한 색채의 향연이 펼쳐졌다.

일반 백지에 단색 인쇄한 검정 활자는 끽해야 한 자, 가까스로 두 자밖에 읽히지 않았다. '일동'이나 '엔'은 알겠는데 '탕錫' 따위 도대체 뭔 뜻인지 아리송했다. 왠지 의미 깊은 수수께끼를 푸는 듯한 기분이었다. "잠자리구나!" 하이쿠가 실린 신문지 쪼가리를 발견하고는 살짝 정신이 나간 양 실실 웃었다.

어떻게 이토록 작은 파편이 잘게 부서져 재생되는 와중

에도 뭉개지지 않고 형체를 유지했을까. 재생지 제조법을 모르는 내게는 의문이었다. 어쩌면 활자가 찍힌 부분만 기름기가 잔뜩 배어 물에 녹지 않고 살아남은 게 아닐까 싶기도 했다.

재생지에는 종잇조각 외에도 갖가지 물체 파편이 달라붙어 있었다. 무명실 도래매듭, 사람 머리칼과 동물 털, 골판지 쪼가리, 연필밥, 성냥갑 라벨은 금방 알아봤지만 내력을 아예 모르겠는 미묘한 바스라기도 보였다. 마른 식물 껍질 조각도 찾아냈는데 아무리 애써도 식물 이름이 기억나지 않았다. 동식물계뿐만 아니라 광물계에 속하는 파편도 섞여서 햇빛에 비스듬히 비추자 작은 돌비늘 조각이 은비늘처럼 반짝반짝 빛났다.

재생지를 관찰하고 있자니 수많은 물건 단편이 지닌 역사가 꽤 재미있게 느껴졌다. 아무 관계 없는 여러 공장에서 제조된 오만 가지 물건이 이런저런 경로를 거쳐 어느 집 휴지통에 집합한 뒤 다른 집에서 버린 쓰레기와 한데 합쳐져 제지공장 물통으로 들어가기까지, 얼마나 복잡한 세상사가 얽혀 있을까. 한 장의 쥣빛 재생지가 돼버린 이상 거슬러 올라가 확인할 길은 없다. 그저 일상을 가로지르는 인과의 그물이 한없이 혼잡하단 사실을 막연히 실감할 뿐이다.

온갖 분야에서 모인 재료가 한 가마솥에서 뒤섞이고 이겨져 하나의 새로운 물건으로 태어나는 과정은, 인간의 정신세계에서 제작되는 예술 작품에도 존재한다.

갑자기 랠프 월도 에머슨이 「셰익스피어론」 첫머리에 쓴 문장이 떠올랐다. "가치 있는 독창성은 남과 다르다는 뜻이 아니다." "최고의 천재는 부채가 가장 많은 사람이다." 또 어떤 맹인 학자가 몽테뉴 연구를 위해 채택한 정밀한 조사 방법이 생각났다. 몽테뉴 관련 논문을 송두리째 점자로 옮긴 자료 더미 속에서 사상이나 잠언, 삽화나 특징을 발췌해 분류한 다음 논문 저자가 봤을 법한 책을 모조리 읽거나 듣거나 해서 규칙이나 유형을 솎아냈다는 얘기였다. 맹인 학자의 끈기와 열정에 감탄하는 동시에 지금 종이 위 반점을 찾아내고 그 출처를 파고드는 나와 닮았구나 싶었다.

아무리 위대한 작가가 쓴 걸작이라도, 아니 오히려 대가의 작품일수록 다른 문헌에서 나온 재료가 잔뜩 섞여 있는 법이다. 그 재료를 속속들이 탐색하는 작업은 흥미롭고 유익한 일이지, 작품과 작가의 가치를 부정하는 일이 아니다. 요컨대 재료를 얼마나 잘 삭혔느냐, 부정한 성분을 얼마큼 씻어냈느냐가 중요하다.

작중 문헌 출처를 밝혀내는 작업은 그야말로 비평가의 지식수준을 드러내기에 제삼자가 볼 때 이래저래 흥미진진할 수밖에 없다. 해박한 평론가가 단 주석은 문학사와 사상사의 한 조각으로 학문적 가치를 인정받지만, 반대라면 비평당한 작가와 독자는 물론 평론가마저 큰 피해를 입는다. 때론 비평가 때문에 한 사람의 작가가 서로 모순되는 여러 이즘에 대표자로 저마다 등극하기도 한다. 미술 작품에서도 같은 일이 종종 발생하는데, 문부성미술전람회나 제국미술전람회에서도 일어났던 것 같다.

'표절' 문제를 다룬 존 러스킨* 글이 떠올라 다시 한번 읽어봤다. 마지막 장에 다음과 같은 구절이 적혀 있었다.

일반적으로 표절에 대해 이러쿵저러쿵 말할 때 잊지 말아야 할 것은, 감각과 정서를 소유한 이상 사람은 끊임없이 타인에게서 보조를 받는다는 사실이다. 사람은 만나는 모든 이에게서 배우고 그사이 뿌려지는 무수한 사물 덕분에 풍요로워진다. 최고가 되는 사람은 무엇보다 연신 전수하는 사람이다. 만약 마음에 쌓인 소득의 참된 근원을 추적해보면, 세상에서 제일 많이 은혜 입

* 존 러스킨(John Ruskin 1819~1900) 영국의 비평가. 예술을 비롯해 문학, 과학 등 다방면에 걸쳐 평단의 일인자로 명성을 떨쳤다.

은 자는 독창력이 아주 뛰어난 사람임을 깨달으리라.
또 그들이 하루하루 생활하며 인류에게 진 빚을 불려
가는 동시에 동포에게 줄 선물을 늘려가고 있음을 발견
하리라.

어떤 사상 혹은 어떤 발명의 기원을 찾으려는 노력은
하늘 아래 새로운 건 없다는 허무한 결론으로 끝나기
마련이다. 그렇다고 진짜로 위대한 모든 것이 다 차용
물은 아니다. 여하튼 남이 주는 것이 무엇이든 좋은 것
이라면 굳이 쓸데없이 따지지 말고 흔쾌히 받아 든 채
감사 인사를 전하는 쪽이 가장 현명한 사람이자 행복
한 사람일 테다.

문장 사이사이 러스킨의 짜증 섞인 빈정거림이 있긴 해도
어떤 의미에서 사상적으로 재생지를 변호해준다. 그런데 에
머슨과 러스킨의 말을 더해 둘로 나눈 뒤 요사이 유행하는
어느 과격한 사상으로 나누면 어떻게 될까. 딱 나눠떨어지
지 않을지도 모르나, 용케 나눠떨어진다면 과연 몫은 얼마
일까? 사상계 모든 위인은 결국 '가장 고집 없는 인간'이란
답이라도 나오려나.

비록 재생지 한 장이라도 마술사가 아닌 이상 아무것도

없는 진공에서는 창조해내지 못한다. 다만 재료를 꼼꼼히 고르고, 더 제대로 삭히고, 더욱더 깨끗이 세탁해 매끄럽고 광택 나는 튼튼한 순백 종이를 만들어내는 일은 충분히 가능하다. 성냥갑 라벨이나 활자 단편이 형태 그대로 눈에 들어온다면 아직 개선할 여지가 많다는 뜻이다.

러스킨 책을 내팽개치고 잿빛 재생지를 무릎 위에 올린 채 잠 속으로 빠져들던 내 귀에 정오를 알리는 대포 소리가 울려 퍼졌다. 나는 밥을 먹기 위해 공상을 멈춰야 했다.

나의 코안경

사토 하루오 佐藤春夫

1892년 와카야마현 출생. 고등학생 때부터 시가 짓기에 몰두했고, 졸업 후 도쿄로 올라와 문학평론가이자 소설가인 이쿠타 초코의 문하생으로 들어갔다. 1910년 게이오대 문학부 예과에 입학, 이듬해 시 「우자의 죽음」을 발표해 호평받았다. 1913년 대학을 그만두고 창작에 전념, 자유롭고 아름다운 언어를 구사하는 서정시를 발표하는 한편 '병든 장미'란 제목으로 전원생활의 심상을 묘사한 소설 집필에 들어갔다. 1919년 제목을 고친 뒤 『전원의 우울』로 출간해 작가로서 입지를 굳혔다. 다양한 활동을 펼친 끝에 1960년 문화훈장을 받았다. 1964년 5월 6일 일흔두 살에 세상을 떠났다.

「나의 코안경」은 1932년에 발표된 글이다.

돌이켜보면 코안경을 쓴 지도 꽤 오래됐다. 벌써 20년 가까우려나. 연도는 정확히 기억 안 나도 날짜는 분명히 기억한다. 4월 9일, 즉 내 생일날 간다스루가타이 마루젠서점 근처 안경점에서 처음 샀다. 그게 첫 코안경으로 이후 몇 번이나 바꿨음은 말할 것도 없다. 코안경 제1호는 은테로 가격은 아마 2엔 80전쯤 했지 싶다. 코안경을 코 위에 걸치고 가게 앞쪽에 놓인 작은 거울을 집어 들여다본 순간, 황급히 경종을 울리듯 혀를 찼다. 최초로 코안경을 쓴 채 거울을 넋 놓고 바라보는 득의양양한 자신을 세상에 알리는 경종은 아니었다.

마침 그날 아침에 요시와라 한 기루에서 불이 났고, 초봄 휘몰아치는 바람에 큰불로 번져서 요시와라가 다 타버렸다. 생일에 요시와라 대화재가 즉석 만담처럼 우연히 한날 편성된 탓에 기억에 남았다. 그래서 요시와라 대화재가 언제 일어났는지 조사해보니 정확성을 중요시하는 성향이 강한 호사가들이 몇 년도 사건임을 밝혀놓아 코안경 제1호 구입 해를 알게 됐다.

2엔 80전짜리 코안경 렌즈를 통해 처음 본 세계는 간다스다초를 향해 모래 먼지 속을 질주하는 떠들썩한 구경꾼 무리의 뒷모습이었다. 이제껏 안경으로 봤던 세계보다 훨씬 활기차고 재미있는 세계가 아닌가. 우선 코안경에 찬사를 보내노라!

그때 내 나이가 스물두 살인지 스물세 살인지 헷갈리지만, 좌우간 게이오대학 문학부 예과 2년생이었음은 틀림없다. 무려 삼사 년 동안 쭉 예과 2년을 다녔으니, 근면성이며 일념이며 연구 태도가 어떠했을지 상상해보길. 또 코안경에서 7센티미터쯤 아래로 참 보잘것없는 수염을 기르던 참이었다. 몹시 같잖다는 것이 사람들의 공통된 의견이었다.

하지만 내 코를 보고 "자네는 콧대가 오뚝해서 코안경을 거뜬히 받치겠어"라며 선동한 이쿠타 초코 선생은 과연 식견이 높다 하겠다. 부채질한 책임이 있어서인지 코안경이 얼굴에 얹힘으로써 얻은 적잖은 미적 효과까지 증언해줬다. 당대 최고 비평가이자 대학에서 미학을 전공한 선생이 하는 말이다. 나 따위가 어찌 믿지 않을 수 있으랴. 나는 코안경으로 삼라만상을 보기에 이르렀고, 동시에 세간에 떠도는 하찮은 의견을 웃어넘기는 법을 배웠다.

아쉽게도 코안경 제1호는 초코 선생에게 일순간 여흥을 베풀고는 고작 몇 시간 만에 내 코 위에서 탈주해버렸다. 도주 경로는 아직껏 알쏭달쏭한 상태다.

그날 밤, 초코 선생네에서 맥주를 한 잔 마셨다. 특별히 코안경 제1호를 기념하는 자리는 아니었고 하물며 요시와라 소실을 축하하는 의미도 아니었다. 애주가인 이쿠타 슌게쓰 군의 희망에 따라 뚜껑을 딴 맥주병 주둥이에서 딱 한 잔이 내 입속으로 들어와 혈관으로 퍼져 나갔다. 원래 술을 한 방울도 입에 대지 않는 데다 알코올 섞인 액체를 향한 갈망조차 느낀 적 없던 난 맥주 한 잔에 맥없이 흐물거렸다. 그만큼 술이 약했다. 게다가 알코올 성분이 코안경에 나쁜 작용을 한다는 사실을, 아직 코안경 연구가 짧았기에 알지 못했다.

나는 술에 취해 갈지자걸음으로 초코 선생네서 나와 나무가 우거진 어스레한 센다기초 골목길을 걸었다. 도중에 잠깐 멈춰 서서 오줌을 누고 뒷골목으로 빠지자 길 위 불빛이 몹시 흐릿했다. 뭔가 이상했다. 그제야 정신을 차리고 살펴보니 코 위에 성스럽게 앉아 있어야 할 코안경이 사라지고 없었다. 깜짝 놀라면서도 믿기지 않았다.

차분히 수십 분 전으로 거슬러 올라가 정밀한 회상에 잠겼다. 그 결과 오줌을 눌 때 눈언저리가 근질근질해서 길가로 튀어나온 나뭇잎이라도 닿았나 싶어 무심코 손으로 훔쳐때렸던 게 떠올랐다. 2엔 80전이란 돈도 아깝기 그지없었지만, 이 기억이 사실임을 확실히 해두고 싶어 20분 전 볼일을 본 길가로 되돌아가 훑어봤다. 그곳은 볼일 보기에는 좋아도 분실물 찾기에는 나쁜 조건이었다. 가로등 불빛은 어둡고 봄밤 으스름달만이 비춰서 결국 찾지 못했다. 혹시 성냥이 있을까 뒤져봐도 술자리에 놔두고 그냥 왔는지 없었다. 필시 내일 아침 일찍 가게에 출근하는 어린 점원이 줍겠거니 하며 코안경을 포기하고 그 자리를 떠났다. 아, 내 생애 첫 코안경은 그 뒤 어떤 운명을 맞이했을까? 이걸로 첫 번째 이야기를 끝내자.

제1호는 두 유리알, 안경테와 안경테 사이에 활모양 다리를 스프링 장치로 붙인 형태였다. 반면 제2호는 활모양 다리 대신 직선 막대기 두 개를 아주 가는 철사로 친친 둘러싸서 스프링 형식으로 만든 모양새였다. 사진에서 본 아일랜드 시인 예이츠가 앞머리를 덥수룩이 늘어뜨린 채 살짝 비뚜름하게 쓴 코안경과 같았다. 제2호를 쓰면 직선 막대기 때문에 양쪽 눈썹이 죽 이어진 것처럼 보여 음침하고 우울하고 답답한 인상이 된다는 의견이 많았다. 그 뒤 이런 모양 코안경은 쓰지 않았다. 코를 잡아주는 스프링 기능은 무척 좋았지만.

오사카에 있는 한 백화점에서 코안경을 사려던 일화는 이미 졸작 「아다치 선생」에 풀어놓았으니 여기서는 생략하겠다. 그렇게 플롯을 짜기보단 다른 이야기를 하나 고백하는 편이 더 재미있을 성싶어서다. 이 일 역시 알코올 성분과 코안경의 부조화를 설명하는 데 도움이 되리라.

때는 1913년이나 1914년께. 어느 가을밤, 동네 친구인 오쿠 에이치와 조금 늦게까지 간다를 산책했다. 그날도 맥주 한 잔가량 마셨지 싶다. 인적이 잦아든 거리 위로 지팡이를 흔들며 걸어가는데 앞에서 새빨간 얼굴을 한 학생 두 명이 다가왔다. 그중 술에 잔뜩 취해 비틀거리던 한 녀석이 나를 보자마자 갑자기 "야! 하이칼라, 이 자식아! 에라, 코안경 쓴 하이칼라!"라느니 뭐 라느니 소리치며 지나갔다.

취객이 아니었으면 그냥 웃어넘겼을 텐데. 술 한 잔 마시고 얼근한 상태라 멋모르고 무례한 소릴 의기양양 지껄이는 녀석이 마음에 들지 않았다. 나는 손에 쥔 지팡이를 치켜들어 녀석의 모자와 어깨를 두세 번 때렸다. 온화한 오쿠 군이 미처 말릴 새도 없을 만큼 느닷없는 행동이었다.

이후 한바탕 소동이 벌어졌다. 지팡이에 맞은 취객 선생이 돌아가는 우리를 쫓아와서 귀찮게 싸움을 걸었다. 나는 더는 상대할 마음이 없었다. 상대방도 오히려 덜 취한 학생이 오쿠 군을 붙들고 자꾸만 트집을 잡았다. 이제 와서 오쿠 군에게 떠넘기고 내뺄 수도 없는 노릇이라, 오쿠 군을 데리고 전차에 올라타려는데 취객 선생이 이번에는 전차를 붙잡고 꼼짝하지 않았다. 전차 안까지 쳐들어올 기세라, 일단 전차에서 내려 바로 옆 파출소 앞에 선 순경에게 학생을 맡기려고 말을 걸었다.

"이 학생이 싸움을 걸어와서 성가시네요. 우리가 전차에 타는 동안 따라오지 못하게 좀 잡고 있어주실래요?"

순경은 이 기발한 간청을 곧바로 이해하지 못했다. 뭔가 되물으려는 그에게 취객 학생이 구시렁구시렁 떠들어댔다. 그 틈에 자리를 뜨려던 우리 뒤를 학생들이 끝까지 뒤따라오는 게 아닌가.

"시방 뭣 땜시 때렸냥께?"

오쿠 군이 덕스럽단 사실을 눈치챘는지 집요하게 들볶았다. 무엇보다 못쓰겠는 건 규슈 사투리였다.

"말 안 하믄 어데도 못 갈 줄 알랑께"라며 흥분해선 씩씩거렸다.

"때린 이유를 듣고 싶어? 듣고 싶으면 내일이라도 맨정신으로 찾아오게. 도망가지도 숨지도 않을 테니. 자, 주소를 알려주지."

이렇게 말하며 지갑에 넣어둔 명함 한 장을 꺼내 건네자 덜 취한 학생이 가로등 밑에서 살펴보더니 조용히 고개 숙여 인사했다.

"이런, 죄송합니다!"

사납게 날뛰던 학생은 그 모습을 보고 순간 의아한 표정을 지으며 재빨리 물었다.

"뭐야, 너 이 사람 알아? 그래? 왜 빨리 말 안 했어?"

"어, 어."

한쪽은 여전히 멍청한 얼굴로 내 얼굴을 멀뚱멀뚱 쳐다봤다.

"그럼, 먼저 가보겠네."

이때다 싶어 즉시 오쿠 군을 재촉해 도망치듯 그 자리를 떴다. 지팡이로 때린 것도 명함을 건넨 것도 십수 년 전이라 가능했던 일이다. 지금은 이렇게 글 쓰는 데도 식은땀이 난다. 사람을 때려놓고 순경에게 부탁을 하다니, 정말이지 생떼가 따로 없다.

약속한 원고 매수에서 벌써 한 장이 늘었다. 여하튼 그 후 20년이란 세월이 흘렀다. 그사이 내게 감화(?)받아 코안경을 즐겨 쓰는 사람이 두 명 생겼다. 한 사람은 동생인 아키오, 다른 한 사람은 이나가키 다루호 작가다. 나도 요사이 나이가 들어 종종 일반 안경을 쓰긴 해도 코안경이 아니면 보기 흉해 같이 거리를 돌아다니지 않겠다는 딸의 의견을 존중하고 있다. 내 코란 녀석은 눈과 눈 사이가 움푹 들어간 이른 바 로마형이다. 이게 코안경으로 좌우를 잡아당기면 그리스형으로 바뀐다. 더군다나 얼굴이 작은 편이라 코 모양에 따라 인상이 한층 좁다랗고 옹졸해 보인다. 듣기로는 정신의학에서 괴상한 표정이나 행동을 되풀이하는 증상을 기행증이라 부른다는데, 내 코안경도 아마 일종의 기행증임이 틀림없다.

" 나는 코안경으로

삼라만상을 보기에 이르렀고,

동시에 세간에 떠도는 하찮은 의견을

웃어넘기는 법을 배웠다. "

사토 하루오

조각칼의 멋

다카무라 고타로高村光太郎

1883년 도쿄도 출생. 1897년 도쿄예술대 조각과에 입학, 문학에도 뜻이 있어 잡지 『명성』에 시를 투고했다. 1906년 미국을 거쳐 파리에서 유학하며 프랑스문학에 심취했고, 1909년 귀국해 미술 비평에 뛰어들어 로댕과 관련된 책을 번역했다. 1914년 첫 시집 『도정』을 자비 출판해 시인으로서의 재능도 인정받았다. 1941년 출간된 시집 『지에코초』는 아내 지에코를 향한 사랑을 소박한 언어로 읊어 큰 인기를 끌었다. 1945년 이와테현 산속에 작은 오두막을 짓고 7년 동안 혼자 생활하며 자연과 인간, 사랑을 노래하는 시와 에세이를 다수 발표했다. 1956년 4월 2일 일흔세 살에 세상을 떠났다.

「조각칼의 멋」은 1938년 1월 잡지 『국어특보』에 실린 글이다.

비행가가 비행기를 좋아하듯, 기계공이 기계를 애무하듯 기술자는 뭐가 됐든 자신이 사용하는 도구를 끔찍이 사랑한다. 조각가가 목조 도구, 특히 조각칼을 마치 살아 있는 양 소중히 여기며 아끼는 모습은 사람들이 상상하는 그 이상일지도 모른다.

나는 조각칼을 수십 자루 갖고 있지만 그 하나하나 성질과 상태와 능력을 꼼꼼히 파악해둔다. 지금 어떠한지를 언제나 머릿속에 떠올리며 작업할 때 거의 본능적으로 필요에 따라 그중 한 자루를 선택한다. 앞에 쭉 늘어놓은 조각칼 가운데 어느 하나를 고르더라도 대체로 눈보다 먼저 손가락 끝이 작은 칼자루에 닿으면 저절로 찾아지는 식이다. 길이, 굵기, 둥근 정도, 무게 즉 손에 닿는 감촉으로 자연스레 알아챈다. 마치 피아니스트가 피아노에 손가락을 올리기가 무섭게 건반을 두드리는 것과 비슷하다.

이따금 오동나무 도구함 서랍 속 가지런히 늘어선 조각칼을 한 자루 한 자루 꺼내 들고 깨끗이 빤 부드러운 무명천으로 정성스레 닦는다. 이어 녹슬지 않도록 정향유를 바른다. 은은한 정향유 향기가 사방으로 퍼져 나갈 때마다 기분이 무척 상쾌하다.

내가 어릴 적만 해도 조각칼 연마 장인이 두 사람뿐이라 조각가들에게 귀히 대접받았다. 이른바 "창칼의 노부치카, 둥근칼의 마루야마"라고 불렸다. 창칼이란 연필깎이 등에 사용하는 칼날이 비스듬히 서고 끝이 뾰족한 칼이고, 둥근 칼이란 날이 둥근 모양으로 꼭 찍어 파내는 작은 칼이다. 당시 흔히 쓰던 조각칼은 대개 '무네시게'*라는 이름을 내걸고 대량 생산된 물건이었지만, 노부치카나 마루야마라는 이름이 붙으면 수량이 적어서 경쟁 끝에 비싼 값을 주고서야 겨우 손에 넣었다.

이들은 도고철강 같은 기성 강철이 아니라 지극히 원시적인 사철 제련법으로 만든 '옥강'이라 불리는 양질 쇠붙이를 작은 풀무로 피운 불에 달군 후 두드리고 또 달군 후 두드리며 수십 번 접어 포개 단련한 강철로 칼날을 제조했다. 숫돌에 잘 갈고 나서 칼날을 살펴보면 일반 조각칼처럼 반질반질하거나 반짝반짝하는 광택이 아니라 오히려 조금 희끄무레한 광택이 난다. 아스라이 안개가 낀 듯하다고 해야 하나, 이슬을 머금은 듯하다고 해야 하나. 여하튼 고요한 아침 바다 위에서 바닥으로 가라앉는 빛을 품고 있다. 그리고 평평하고 매끄럽게 갈린 칼날 속에는 보일락 말락 결이 나타나

* 에도시대의 유명한 대장장이로 근대 들어 조각칼 상표명으로 쓰였다.

는데, 마치 숨이라도 쉬는 양 부드러우면서도 따뜻한 기운
이 느껴진다. 똑같은 묘미를 지닌 가운데 노부치카 창칼은
칼끝이 얇고 바탕쇠가 두껍다. 날카로운 칼끝과 단단한 바
탕쇠가 최고의 조화를 이루기에 정말이지 때깔이 좋고 산
뜻한 품위가 흐른다. 어린 나이에도 칼날이 두껍고 반짝반
짝 빛나는 다른 창칼을 손에 쥐면 이상하리만치 무겁고 딱
딱해서 진저리를 쳤던 게 기억난다. 마루야마 둥근칼은 칼
끝이 두꺼운데, 이건 둥근칼 특성에 꼭 맞은 두께다.

　작업장 마루에 방석을 깔고 앞에 숫돌판을 놓고 그 너머
물통(작은 통)을 두고 책상다리를 하고 앉는다. 보호대를 두
른 무릎으로 차분히 숫돌 받침대를 누르며 장인이 만든 조
각칼을 결 고운 단단한 천연 숫돌에 정성 들여 갈아댄다. 다
끝나서 그 미묘한 날카로운 칼날로 시험 삼아 편백나무 조
각판을 새기거나 깎을 때면 더없이 즐겁다.

사생첩

우에무라 쇼엔上村松園

1875년 교토부 출생. 교토 토박이로 태어나 1887년 교토예술대학에 입학, 일본화를 전공했다. 1890년 내국권업박람회에 그림「사계미인도」를 출품해 일등을 수상하며 이름을 알렸다. 이후「인생의 꽃」,「불꽃」등 교토 전통문화를 바탕으로 밝은 색채로 청초한 고전미를 살린 여인도를 그리며 독자적인 예술 세계를 구축했다. 한편 잡지나 신문에 예술론뿐만 아니라 여성으로서의 삶을 소소한 언어로 표현한 글을 발표하며 문필가로서도 인정받았다. 1948년 2월 여성 최초로 문화훈장을 받으며 일본 화단을 대표하는 작가로 자리매김했다. 1949년 8월 27일 일흔네 살에 세상을 떠났다.
「사생첩」은 1932년 8월 출간된『그림과 수필』에 실린 글이다.

축소도는 그림을 막 배우기 시작할 때부터 해오고 있다. 지금도 박물관을 다니며 축도해 오기도 한다. 슬슬 그림을 본격적으로 해보려고 맘먹었을 즈음, 스즈키 쇼넨이나 스즈키 햐쿠넨 작가가 그린 오래된 축소도를 보며 그대로 베껴 그리곤 했다. 전람회가 열릴 때마다 어떤 경우에도 붓과 먹을 넣어 휴대하는 필묵통과 사생첩은 잊지 않고 들고 가서 수많은 축소도를 그리고 돌아왔다. 화조, 산수, 두루마리 그림, 가면, 풍속에 관한 특별 출품작까지 마음에 드는 그림을 하나하나 탐욕스럽게 척척 베꼈다.

축소도 사생첩에 쓰는 종이는 일정하지 않으나 되도록 질이 좋은 종이를 골라 손수 철했다. 요즘은 얄따랗고 반투명한 유산지에 그린다. 양피지를 닮은 유산지라면 앞뒤 양면을 다 쓸 수 있어 꽃이나 나무를 사생하기에 편리하다.

요즘 젊은 친구들은 연필로 축소도 연습을 하지만, 나는 익숙한 탓인지 붓과 먹이 그리기 쉽다. 습관처럼 저절로 몸에 배었지 싶다. 내게 그림은 무조건 처음부터 마지막까지 붓으로 그려야 하는 까닭에 축도하거나 스케치할 때도 항상 붓을 쓴다. 붓 선도 그만큼 좋아지기에 연필로 그리는 편보다 연습도 된다. 펜으로 글을 쓰는 사람이 붓글씨에 서툰 것과 같다.

현재 수중에 있는 축소도 사생첩은 삼사십 권 정도. 한 권마다 매수도 다르고 종이도 다르다. 두께도 딱히 정해놓지 않아 매우 두꺼운 것부터 아주 얇은 것까지 잡다하다. 그래서 모양도 가지각색, 크기도 가지가지다. 그나마 저마다 그린 날짜를 적어놓은 덕에 이제껏 자신이 붓으로 애쓴 흔적과 추억이 그립디그리워질 때면 축소도 사생첩만 펼치면 아무리 세월이 흘렀어도 그때그때의 일이 떠오른다. 참 정답기 그지없는 사물인 셈이다.

아, 그 그림은…… 그래, 저쪽에 놓인 커다란 사생첩 어디쯤에 들어 있지, 라고 실로 미세한 부분까지 명료하게 기억한다. 축도한 그림 원본은 그 축소도를 보기만 해도 금세 기억나고 머릿속에 또렷이 나타난다. 그만큼 온 정성과 힘을 쏟았기 때문이다. 전시회나 박물관에 가면 복사해 파는 그림이나 사진을 곧잘 사 오는데, 이것들은 스스로 고생해 만들지 않았기에 봐도 본그림의 멋은커녕 미세한 선조차 생각나지 않는다. 내가 바지런히 축소도를 그리는 이유다.

예전에 스승인 다케우치 세이호 선생이 대작을 그리려면 반드시 먼저 축소도를 그려보라고 말한 적이 있다. 낮에는 선생 일에 방해가 되고 밤에는 늦게까지 불을 켜놓고 있으면 가족에게 폐를 끼치기에 선생의 허락하에 아침 일찍 화실에 가서 그리기로 했다. 문하생이나 식모가 아직 일어나지 않을 시간, 어스레한 새벽녘에 축소도를 그리다가 자주 문하생이나 식모를 깜짝 놀라게 했다. 교토 박물관에 새해 첫날 아침부터 들어가서 온종일 그림을 그려대는 바람에 직원들이 질겁하기도 했다. 그림을 그리는 나에게는 백중날도 정월도 없었다.

이렇게 최선을 다해 끈기 있게 모은 만치 축소도 사생첩은 생명보다 두 번째 혹은 생명만큼이나 소중하다. 요전에 집 앞 거리에서 불이 나 화실 장지문이 새빨갛게 물들고 불똥이 지붕 위로 후드득 떨어졌다. 바람 방향도 수상했다. 이대로 있으면 안 되겠다 싶었다. 그때 오랜 세월 정든 화실이 다 타버려도 어쩔 수 없는 운명이라며 체념했지만, 축소도 사생첩은 아니었다. 나는 재빨리 모든 사생첩을 한데 모아 보자기에 쌌다. 그 보따리를 들고 어떻게 빠져나갈지 궁리하면서 불길을 살피는데, 다행히 바람 부는 방향이 바뀌어 우리 집까지 옮겨붙지 않고 집 세 채만 태우고 불이 꺼졌다. 그제야 창백하게 굳은 얼굴을 풀고 보따리를 바닥에 내려놓았다. 사생첩 보퉁이는 보자기에 싸인 채 일주일쯤 화실 한구석을 차지했다.

" 책상에 꽂아둘 싸고 싱싱한

꽃을 파는 가게가

근처에 있다면 얼마나 좋을까. "

책상 위 물건

미야모토 유리코宮本百合子

미야모토 유리코는 1933년 남편이 수감 생활을 하는 동안 지바현에 셋집을 얻어 살다가 경제적 어려움으로 인해 친정으로 돌와가 머물렀다. 틈틈이 자신의 글을 쓰는 한편 옥바라지를 하려면 돈을 벌어야 했기에 잡지 편집, 번역 일을 닥치는 대로 하며 1945년 남편이 석방될 때까지 900여 통의 편지를 주고받았다.

「책상 위 물건」은 1939년 12월 잡지 『신초』에 실린 글이다.

책상 위에 1년 내내 놓아두고 사용하는 갖가지 자질구레한 물건은 으레 저마다 주인의 취향과 생활 방식을 드러내기에 흥미롭다.

그저 느긋하고 편리를 추구하는 내 평범한 책상 위에 늘 올려진 것은 염소 모양 도자기 문진, 남색 도자기 연병. 그리고 근처 문방구점에서 흔히 보는 유리 펜접시. 유리 펜접시 안에는 빨강파랑 2색 색연필과 작은 가위, 만년필, 장부 철하는 송곳 등이 들어 있다. 글을 쓸 때는 마루젠 아테나 잉크를 병째로 책상에 두고 펜촉을 담갔다 뺐다 한다. 펜대는 사촌 여동생이 줬는데, 벌써 몇 년 전의 일이다. 풀이 죽어 가마쿠라에 살던 사촌 여동생 집에 훌쩍 찾아갔을 때 받았다.

염소 모양 도자기 문진은 아버지가 옛날에 주셨다. 예전에 붓으로 살짝 스친 듯한 무늬가 새겨진 감색 기모노와 자명종과 함께 버들고리짝 안에서 찾아낸 유리 펜접시는 깨트리지 않으려 항상 조심한다.

남색 도자기 연병 앞에는 오키나와에 사는 어떤 여인이 선물로 준 흙으로 만든 작은 사자 인형 한 쌍이 놓여 있다. 둘 다 어두운 붉은색을 띤다. 사자 인형은 그 여인과 친한 사람들 집에 더 있을 텐데, 그녀에게 암수 구분을 어떻게 하냐고 물었더니 입을 쫙 벌리고 있으면 수컷이란다. 찬찬히 사자 얼굴을 바라보자니, 대담하게 혀까지 보이며 입을 쩍 벌린 수컷이 사람 좋은 아저씨처럼 느껴진다. 거꾸로 입을 꽉 다문 채 옆에 선 암컷은 왠지 성깔 있어 보인다. 가만히 보고 있으면 절로 웃음이 나온다. 책상에 꽂아둘 싸고 싱싱한 꽃을 파는 가게가 근처에 있다면 얼마나 좋을까.

미야모토 유리코의 앉은뱅이책상과 그 위 꽃병.

작가의 서재

초판 1쇄   2023년 6월 20일

지은이   시마무라 호게쓰, 시마자키 도손, 아쿠타가와 류노스케, 노무라 고도,
나가이 가후, 쓰지 준, 쓰치다 교손, 미야모토 유리코, 사카구치 안고,
요시카와 에이지, 이쿠타 슌게쓰, 마사오카 시키, 도요시마 요시오,
다자이 오사무, 도쿠토미 로카, 호조 다미오, 이시카와 다쿠보쿠,
에도가와 란포, 하야시 후미코, 미키 기요시, 호리 다쓰오, 오카모토 기도,
가타야마 히로코, 유메노 규사쿠, 마키노 신이치, 나쓰메 소세키,
스스키다 규킨, 다카하마 교시, 데라다 도라히코, 사토 하루오,
다카무라 고타로, 우에무라 쇼엔
엮고 옮긴이   안은미
펴낸이   이정화
펴낸곳   정은문고
등록번호   제2009-00047호 2005년 12월 27일
전화   02-3444-0223
팩스   0303-3448-0224
이메일   jungeunbooks@naver.com
페이스북   facebook.com/jungeunbooks
블로그   blog.naver.com/jungeunbooks

ISBN 979-11-85153-57-5 03830